「樹里、こっちを向け」

　顔を背ける樹里の腕を掴んで、アーサーが樹里の耳元に囁いてくる。

　樹里はそろそろとアーサーのほうを向いた。すると驚くほど近くにアーサーの顔があって、鼓動が跳ね上がる。

「樹里、俺はお前を愛しているんだ」

　耳に強烈な愛の言葉が飛び込んできて、樹里はぞくりとした。アーサーはゆっくりと樹里に唇を寄せてきた。逃げようと思えば逃げられるはずなのに、身体中が熱くて動くことができなかった。

SHY NOVELS

少年は神の生贄になる

夜光花

イラスト 奈良千春

CONTENTS

少年は神の生贄になる

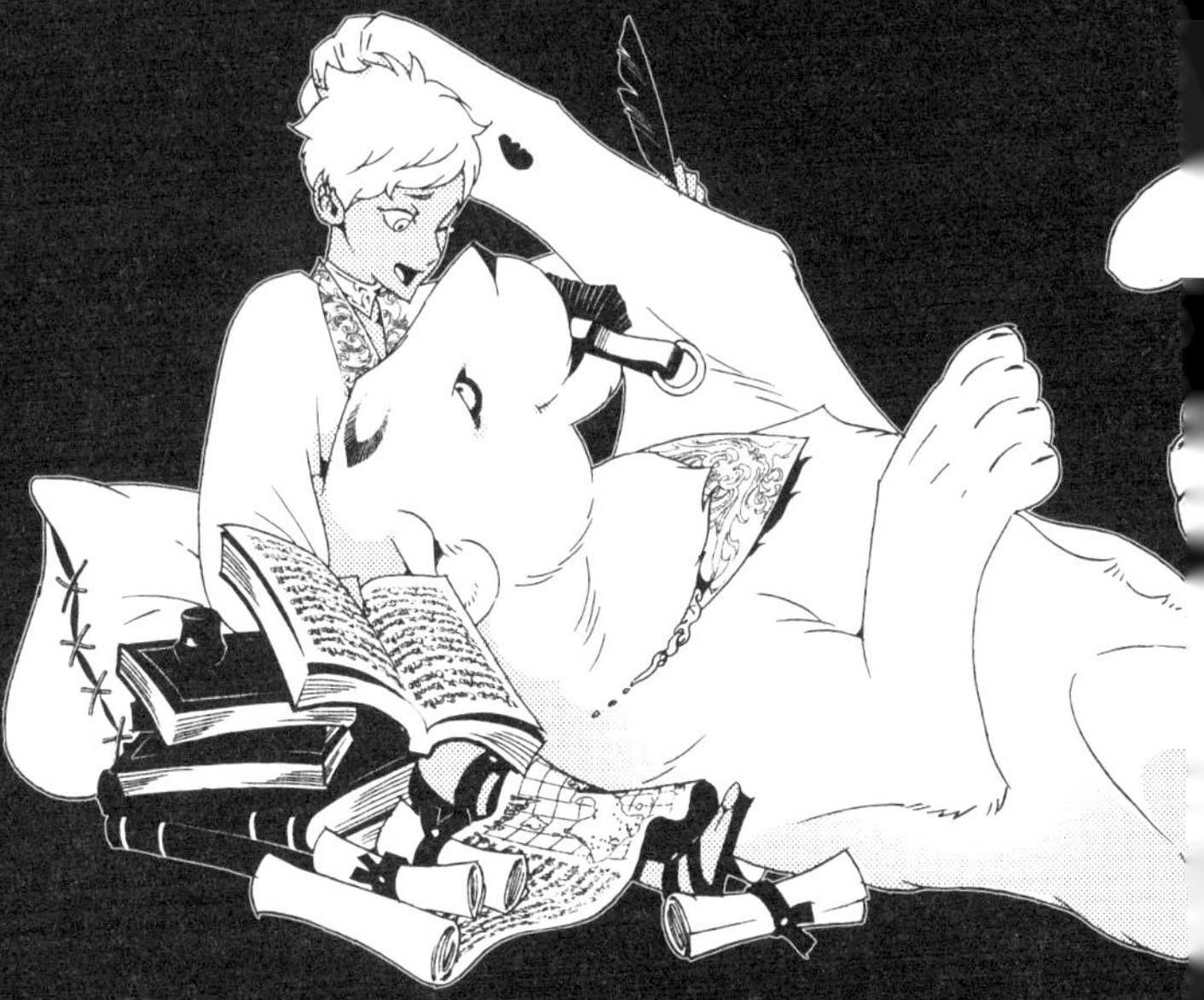

1 魔女の子

Witch Child

私は小さい頃から、この世で一番、母が恐ろしかった。

母の名前はモルガン。私の生まれたこの国、キャメロット王国に呪いをかけた魔女として知られている。三百年以上もの長きに亘《わた》り生き続け、変わらぬ美しさを誇っている。

私の名前はマーリン。魔女モルガンと隠者ネイマーのもとに生まれた。

私はエウリケ山で育ち、幼い頃からモルガンに魔術を教え込まれた。私はモルガンの血を色濃く受け継ぎ、魔術の才能があった。私の生まれた数年後にガルダという弟ができたが、彼は魔術に関してあまり才能がなく、よくモルガンを落胆させていた。そのせいかモルガンは遠い地に行く際は必ず私を伴い、あらゆる地の成り立ちやそこで採れる薬草、魔力を増幅させることのできる宝石のある場所を明かしてくれた。

モルガンの魔力はすさまじく、魔術の書に記されていることはほぼ完璧にこなすことができた。人一人を消し去ることなど指先一つでできたし、天候を変えることや、地面を割ることすらできた。

幼い頃の私はモルガンの言うがままに動いていた。そのことを疑問に思ったことはなかったし、モルガンの冷酷さ、自分に逆らう者に対する情け容赦のなさを目の当《ま》たりにしてきたので、逆らうことなど考えもしなかった。

モルガンは三百年前、キャメロット王国に呪いをかけた。キャメロットの民はこの国から一歩も外に出られないというものだ。この呪いのせいでキャメロットは他国を脅《おびや》かすことは叶わず、領土を広げられない。貿易に関してもかなり制限され、国として富むことが難しくなった。他国の者はキャメロット王国に出入りできるので、国境付近では常に小競り合いが続いていた。防戦一方のキャメロット王国は非常に不利だ。それもあって、他国からキャメロット王国に入る者には厳しい審査が課せられている。

「母上、何故キャメロットに呪いをかけたのですか？　王家の者は母上を怒らせる、どのようなことをしでかしたのですか？」

十二歳になった時、私はそんな質問をしたことがある。その日、私はモルガンが昨日産み落とした赤子を抱えていた。白い絹に包《くる》まれた赤子は、あどけない顔で眠っていた。モルガンは湖の清浄な水で身体を清めながら、懐《なつ》かしそうに語った。

「当時のキャメロットの王と私は恋仲だったのです。けれどあの男は私を裏切り、貴族の娘を王妃として迎え入れました。魔女が王妃になることは許されないと」

モルガンは豊満な胸を覆う黒髪を美しい指でまとめ、教えてくれた。モルガンはその仕打ちに怒り狂い、キャメロット王国に呪いをかけたという。

「母上はまだ憎んでおられるのですか？」

静かな湖面に目をやり、私は聞いた。

「まぁ、ほほほ。私はそれほど執念深くはありませんよ。それに今の私にはネイマーがいます。キャメロットの王はとっくの昔に亡くなっておりますしね」

モルガンは湖の水に身体を浸しながら、おかしそうに笑う。私の父であるネイマーは人間で、寿命が短いことが唯一の欠点だとモルガンは嘆く。ネイマーは森に棲《す》んでいて、ある日モルガンと出会い恋に落ちたのだ。現在、ネイマーは数年に一度しかエウリケ山に帰ってこない。何故なのかを聞くと、ネイマーはモルガンから頼まれた重要な仕事のため不在にしているらしい。

「でもそろそろキャメロットを私のものにしようかと思っているのですよ。山にこもっているのも飽きてきたことですしね」

身体を清めたモルガンは湖から出ると、惜しげもなく裸体を太陽の前にさらし、短く呪文を唱えた。一瞬のうちに濡れた身体が乾き、さらさらとした長い髪が揺れる。モルガンは黒い衣服を身にまとうと、赤子を抱える私を見下ろした。

「さぁ、行きましょう」

モルガンは私の手から赤子を受けとると、天に向かって右手を上げた。するすると東の空から暗雲が立ち込め、辺りは真っ暗になっていった。モルガンはまるで宙を浮いているように軽やかな足どりで歩きだし、私はその後ろをついていった。

モルガンは湖の近くに点在する民家に近づいた。数人の男が道を歩いていたのだが、モルガンの姿も私の姿も見えていないようだった。

モルガンは一軒の石造りの家の前に立った。家の前には赤い粒をたくさん蓄えた枝を円状にしたものが飾ってあった。葉には棘《とげ》がある。この国では数十年に一度、山が赤く染まる時があり、その際には城に魔女から王宛ての書簡が届く。日時と場所が書かれ、その家で生まれた子どもが次の神の子になるというものだ。神の子とはこの国を呪いから解き放つために選ばれた、神聖なる存在だ。

この家には立て札が立てられていた。神の子、ここに生まれたり、と。

モルガンはノックもなしにドアを開け、家の中に入っていった。

家の中には二人の男女とゆりかごで眠る赤子がいた。夫婦らしき男女は食事をしていたのだろう。テーブルの上にはパンやシチューが置かれている。食事の最中に眠ってしまったのか、二人は食べかけの皿に突っ伏すようにしている。

モルガンはゆりかごの前まで行くと、そこに眠っていた赤子を私に手渡してきた。私が赤子を抱えると、モルガンは自分が抱いていた、昨日生まれたモルガンの子どもをゆりかごに寝かせる。

モルガンは長い爪を生やした手で、そっと赤子の顔を撫でた。慈しむように。

そして今度は寝ている男女の傍に立ち、低い声で恐ろしい歌を歌い始める。モルガンの指が男女の肩に回り、その耳に吐息が吹きかけられる。私はぶるりと背筋を震わせ、その光景を見ていた。この歌は死を意味するもので、この歌を耳から体内に吹き込まれた者は、数日後に得体の知れない病気で死んでしまうのだ。

「さぁ、行きましょう」

モルガンはにっこりと笑って、来た時と同じように家から出た。

私は人を殺しても眉一つ顰《ひそ》めないモルガンを恐れた。モルガンに逆らえば、きっと息子の私も同じ目に遭うに違いないと本能で悟っていた。

石造りの家を出て、私とモルガンはエウリケ山に戻った。

モルガンは私の抱えていた赤子を愛おしげに眺め、手にとった。この子をどうするのですかとは聞けなかった。何故なら、目の前に大窯《おおがま》があったからだ。一週間前から特別な素材を注ぎ込んで煮立っている大窯は、今にも噴き出さんばかりの高温だった。

「可愛い子。私の糧《かて》になっておくれ」

モルガンは抱いていた赤子を大窯に落とした。この世のものとは思えない赤子の悲鳴が上がったが、それはすぐに煮立った液体の中に消えた。赤子の柔らかな肌は熱した液体に混ざり、やがて骨さえも溶けていくだろう。

モルガンはこの三百年、変わらぬ美しさを誇っている。それは今作っている特別な薬があるからだ。人間の赤ん坊の脳や皮膚、内臓が、モルガンの美貌と若さを保つための重要な秘薬になるのだ。

私は熱に焼かれる赤子を想像し、鳥肌が立った。恐ろしくて大窯を覗く勇気はなく、そっと離れた。

私の母は、恐ろしい人だ。自分の子どもを神の子として神殿に送り、この国を自分のものとする道具の一つにした。キャメロット王国を、心底欲しているわけではなく、ただの遊び道具、単なる暇つぶしとしか思っていないというのに。


十六歳になった時、モルガンは私に王宮に行くよう命じた。

モルガンが作った偽の紹介状を手に王宮へ入り、王家のお抱え魔術師になれと言うのだ。モルガンは私を王宮に忍ばせ、いずれ国を乗っ取る時の手駒とするつもりなのだろう。同じ命令は三つ下の弟、ガルダにも下った。ガルダは私と違い魔法を使う能力が劣っているので、神殿に送り込むようだ。おそらく神の子として育てられている自分の息子の世話をさせるためだろう。

「母上ほどの力があるなら、王宮に行き、ユーサー王の命を奪えばいいのでは？」

私は疑問を感じ、モルガンに尋ねた。天候さえ操れる力を持つのに、どうしてこんな回りくどい手を使うのか分からなかったのだ。

「マーリン。残念ながら私は万能ではないのです。それに私は王宮に、特に神殿には入ることができません。それもこれもすべて三百年前に私がこの国に災いをもたらした時、私に対する報復を行った大神官のせいです」

モルガンは忌々しげに答え、薄い唇から吐息を漏らした。モルガンははっきり教えてくれなかったが、どうやら三百年前に何かモルガンにも呪いがかけられたようだ。

「ガルダ、この鏡を持ってお行きなさい。神の子が十歳になった日に、この鏡を見せるのです。

この鏡には私の魔法がかかっていて、三度だけ神殿にいながら私と話すことができます。私はこの鏡を通じて神の子と話します」

モルガンは胸元まで映るほどの大きな青銅の鏡をガルダに手渡した。ガルダは目をぱちぱちとさせながら受けとっている。

「私の子どもたち、さぁ、行きなさい。王家の者に信頼されるよう、賢く振る舞うのですよ」

目を細め、モルガンは嫣然《えんぜん》と微笑んだ。否と言えるはずはなく、私たちはエウリケ山を下りて王宮に向かった。

モルガンの作った偽の紹介状は誰にも疑われることなく、私は王宮に、ガルダは神殿に入り暮らすようになった。

私は第一王子であるアーサー王子の話し相手として初めは王宮で過ごしていたが、魔術の腕を認められ、アーサー王子直属の魔術師となった。アーサー王子は快活で強く、誇り高き騎士だ。私はエウリケ山を出てから、少しずつ自分が変わっていくのを感じていた。モルガンという恐ろしい魔女の下を離れて、自由というものを得ていた。ここではモルガンの顔色を窺《うかが》うこともなく、自分の意思で動くことができた。部族の争いや、竜退治に行き、アーサー王子とともに闘い、時には魔術を使う。そうして初めて自分がどれほど感情を押し殺し、鬱屈《うっくつ》していた生活をしていたかに気づいたのだ。

ある闘いの時、私は失態を犯した。

毒矢を受け、一時的に魔術を使うことができなくなっていた。キャメロット王国に逆らう蛮族の制圧をしていた時のことだ。私は自分の魔術の腕を驕《おご》っていて、身を守ることに、無防備だった。遠くから飛んできた矢が背中に刺さった。身体に毒が回り、朦朧《もうろう》として意識を失いかけた。周囲の騎士は私のことなど目もくれず、己の手柄を立てることに躍起になっていた。蛮族が私にとどめを刺そうと躍りかかってきた。

その刹那《せつな》、金色の獅子《しし》が私の前に飛び出してきて私に降りかかるはずの刃を受け止めた。

アーサー王子だった。アーサー王子は私を殺そうとした蛮族の首を刎《は》ね、私の身体を抱き起こした。そして毒を受けた傷に応急処置を施した。

「マーリン、俺の魔術師よ！　死ぬことは許さない！」

アーサー王子の青く美しい瞳が、燃えるように輝いていた。私はその瞳を見たとたん、ここで死ぬわけにはいかないと思った。私にはアーサー王子の頭上に金の冠が見えたのだ。どんな闇も、邪悪な影も払いのける、黄金の冠が。

蛮族は制圧され、キャメロット王国に再び平安がもたらされた。私は瀕死《ひんし》の状態で王宮に戻った。毒を受けた私は十日ほど死の危険にさらされたが、最後には生を勝ちとった。アーサー王子は私の身を案じて何度も病床を訪ねてくれた。

私はこの恩を一生忘れない。

この人は私を救ってくれたのだから、私もこの人を救おう。そう決意した。

私はひそかに決意を固めていたが、決してそれを表に出すことはなかった。私はアーサー王子のためにどんな汚いこともやる気でいたし、自分がモルガンという闇から生まれた以上、聖なるものになれないことは分かっていた。

私が二十二歳になった時、神の子ジュリも十歳になった。

ガルダがジュリに鏡を見せると言うので、私は十年ぶりに末の弟と会うことにした。私は見極めようとしたのだ。ガルダとジュリがどのような人物なのかを。この二人は私にとって有意義な存在となり得るのか。あるいはモルガンの意志を受け継ぐものなのか。

数年ぶりに会ったガルダは相変わらず魔法が下手で、危険要素とは思えなかった。モルガンへの畏怖はあるものの、善良で真面目な人柄だ。だが少し話しただけでも自分の秘密を打ち明けられるような人物ではないと分かった。モルガンと敵対する以上、有力な味方は欲しい。だが、ガルダには優柔不断な面があって、自分の計画を話す気には到底なれない。

自分の邪魔にならなければいい。そう判断した。

ジュリは神殿の奥深く、神の子として暮らしていた。神殿から一歩も外に出ず、大切に育てられた子ども。赤子の時以来、初めて会ったジュリは、綺麗な顔をした少年だった。顔はモルガンに似ていて、桜色の唇、白くつややかな頬、澄んだ黒い瞳をしていた。挨拶を交わすと、たおやかな少女のように優しく微笑む。ジュリは清らかな空気をまとい、神の子と呼ばれるにふさわしい子どもだった。私は目の前の子どもがモルガンの子どもとはとても思えなくて、戸惑った。考えてみれば生まれてからずっと神殿の中にいる聖職者としか関わっていないのだから、悪になりようがない。心配は杞憂《きゆう》だったと恥じた。

ガルダは人払いをすると誰も来ない部屋に鏡を持ってきた。部屋には私とガルダ、ジュリしかいない。

ガルダは鏡をジュリに向け、呪文を唱えた。

しばらくすると鏡に相変わらず美しいモルガンの姿が浮かび上がり、ジュリに向かって微笑む。

ジュリはびっくりした様子でモルガンを見つめている。

「会いたかったわ、可愛い我が子よ」

モルガンは赤い唇の端を吊り上げて、ジュリに語りかけた。

モルガンは朗々と、ジュリに自分が母であること、魔女であること、赤子をすり替えたこと、いずれはこの国を乗っ取るつもりであることなどを話した。十分ほどの出来事だった。その姿が消えるまでジュリはただひたすら黙って話を聞いていた。

モルガンとの対面が終わり、私はひそかに安堵していた。これまでガルダはジュリにモルガンの話をしていなかったらしく、何もかも初めて聞く話だったというのだ。神殿の奥深くで大切に育てられた子どもが、いきなり魔女の子どもだったと聞かされて、喜ぶはずがない。この国では魔女モルガンは忌むべき存在として語られている。当然のごとく嫌悪感や、拒絶を催すはずだ。しかも国を滅ぼすなんて、ふつうなら受け入れられるはずがない。

何も映らなくなった鏡の前で、ジュリは涙を流している。己の身の忌まわしい真実を知り、シヨックを受けているのだろう――そう思った瞬間、信じられない言葉がジュリから出てきた。

「ああ……そうだったのですね、母上。僕はとても嬉しい。物心ついてからずっと抱いていた得体の知れない靄《もや》が、すーっと晴れていくようです」

ジュリは晴れ晴れとした顔で、そう言った。私は激しく動揺した。鼓動が鳴り響き、目の前にいる十歳の少年の姿がぼやけて見えた。

「ようやく分かりました。何故この国に愛情を持てないのか、物語の魔女を憎めないのか。僕は一度も花を綺麗だと思ったことはないし、鳥を可愛いと思ったこともない。僕はいつも自分の心を偽って生きてきた。他人に優しく振る舞っても、それは上っ面のものでしかなかった。それは全部、魔女の子どもだったからなんですね。母上、あなたの願い、僕が必ず叶えます。僕はそのために、生まれてきたんだ」

ジュリが目を細め、唇の端を吊り上げて笑った。そうするとモルガンそっくりで、私は震えが止まらなくなった。先ほどまで清らかな子どもだったはずなのに、今や悪鬼に成り果て、私の恐怖を誘っている。

この子どもは危険だ、この子どもは恐ろしい力を秘めている。

私は青ざめた顔でジュリを見下ろし、言葉を失っていた。ジュリの少年らしい高い笑い声が、この先に起こる恐ろしい未来を暗示しているようだった。

2 トライアングル

Triangle

海老原樹里《えびはらじゅり》は突き刺さるような視線を感じて、隣に座っている不機嫌そうな男の顔を見た。朝の祈禱《きとう》を終えてお茶の誘いに招かれて王宮を訪れた時から、アーサー・ペンドラゴンはずっとこんな調子だ。従者に連れられて応接間に入った樹里を見たとたん、アーサーは顔を大きく歪ませた。応接間は広さはそれほどではないが、きらびやかな壁紙と贅《ぜい》を尽くしたソファ、大理石でできたテーブルと客をもてなす調度がそろっていた。

「今日はお招き下さりありがとうございます」

樹里が棒読みで決まり文句を口にすると、室内で待っていたアーサーは、眉間《みけん》にしわを寄せてじろりと樹里を睨《にら》んできた。

「おい、俺が呼んだのはお前だけだぞ」

アーサーは椅子から立ち上がり、樹里の前に立って見下ろしてくる。アーサーは見事な金髪に青い目、彫りの深い顔立ちで、鋼《はがね》のような肉体を持つこの国の第一王子だ。自信に満ちた眼差しに王子としての威厳と魅力を兼ね備え、国民から慕われている。だが今はその目が忌々しげに樹里の背後に注がれていた。

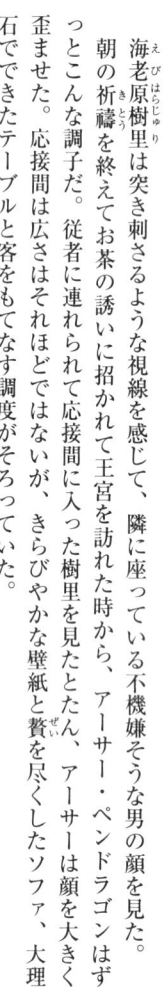

樹里は背後を振り返った。そこにはこの国で神獣と呼ばれている銀の獣のクロが雄々しい姿で樹里を見ている。見た目は豹《ひょう》みたいで、大きな身体によく動く尻尾《しっぽ》を持っている。額には三日月を反転させたような模様がうっすらあるのだが、これは猫だった時の名残《なごり》だ。クロは少し前まで、樹里の飼い猫だった。この世界に来て樹里に危険が及んだ時、姿を変えたのだ。

そのクロの横にはサンが立っている。つい数日前、十一歳になった浅黒い肌の健康的な子どもだ。サンは樹里の従者として大きな籠《かご》を抱えている。籠の中身は樹里が出歩くときの必需品だという。何が入っているか樹里は知らない。

さらにその後ろにいるのは、ランスロットだ。キャメロット王国の誉れ高き騎士で、誰にも負けぬ強さを誇る高潔な男だ。身長は樹里が見上げるほどだから百九十センチはあるに違いない。翡翠色《ひすいいろ》の瞳に、肩にかかるくらいの長さのウエーブがかった黒髪の持ち主だ。赤いマントを羽織り、帯剣している姿は、絵本に出てくる騎士そのものだ。

「僕は樹里様の従者ですから」

サンはアーサーに向かって胸を張り、クロと一緒にドア近くの壁に立った。

「私もお邪魔にならないよう、控えております」

続いてランスロットも一礼してサンの隣に並んだ。

樹里がアーサーを見ると、いかにも苛立った様子で黙り込み、どさりと椅子に腰を下ろした。

その視線はランスロットに定まっている。先月行われた馬上槍大会《ばじょうやりたいかい》の後から、アーサーはずっとこんな調子だ。無理もない、樹里が出歩く時は常にランスロットがつき添うようになったのだから。ガルダは身の安全が守られるのでよかったと喜んでいた。

樹里は居心地の悪さを感じつつ、アーサーの向かいに腰を下ろした。

大理石のテーブルの上には美しいレースの織物が敷かれ、白い薔薇《ばら》が飾られている。ドアが静かに開いて、侍女が焼きたてのタルトや紅茶を運んできた。この国では甘いものは貴重で、蜜漬けにした果物を敷き詰めたタルトはぜいたく品だ。侍女の手で綺麗に切り分けられ、高そうな皿に載せられるのを見ていた樹里は、ちらりとドアの傍に控えている二人と一匹を見た。

樹里は甘いものは嫌いではない。しかし大勢の目がある中で自分だけ食べるのは非常に食べにくい。ランスロットは無表情だからまだいいのだが、サンとクロは匂いにつられて鼻をひくひくさせている。

「アーサー、あいつらも一緒じゃ駄目かな」

むすっとしたアーサーに言いにくかったが、駄目でもともとと思い、口にしてみた。アーサーはそっぽを向いたまま「好きにしろ」と呟く。怒っていてもさすが王子。太っ腹だ。

「いいの？　マジサンキュー！　サン、ランスロット、一緒に食べようぜ！　クロは虫歯になったら困るから我慢だぞ」

樹里が嬉々《きき》として二人を呼ぶと、サンは抑えきれない感情を目をきらきらさせることで伝えてきたが、ランスロットは申し訳なさそうに身を引いた。

「いいえ、私はけっこうです。臣下としてそのような振る舞いはできません」

ランスロットは今は樹里のボディガードをしているが、本来、騎士団の第一部隊隊長で、王家

に忠誠を誓った身だ。あくまで臣下としての立ち場をわきまえての発言だろうが、アーサーに「座れ」と命じられると、黙って応じた。

思いがけず四人のお茶会となった。クロは獣なので食べられずに不満そうだったが、樹里はいつも大人びた口調のサンが子どもらしく甘いものに目を輝かせる姿を見られて楽しかった。タルトは元いた世界のものとたいして差はなく、美味しかった。糖分は控えめだったが、これくらいが樹里にはちょうどいい。

お茶会を終えて、樹里は従者を伴って神殿に戻ることになった。アーサーは終始不機嫌で、神殿まで送ると言ってついてきたのに、送ってくれる間もずっと無言だ。

神殿につくと、アーサーはランスロットとサン、クロを追い払った。神殿内なら護衛は必要ないだろうというのだ。

「では、部屋の前で待機しております」

ランスロットはアーサーに一礼して、サンやクロと一緒に静かに出た。ランスロットは馬上槍大会の後からずっとこの神殿で暮らしていて、常に樹里の部屋の前で警護をしてくれているのだ。それもアーサーは気に食わないらしく、いきなり樹里の腕を摑んだ。

「お前、あいつと何か間違いをしでかしていないだろうな!?」

二人きりになったとたん、アーサーが目を吊り上げて詰問してくる。

「何もないって。ランスロットが夜這いするような奴じゃないことくらい分かってんだろ？　アーサーじゃあるまいし」

樹里が摑まれた腕が痛くて頬を歪めながら答えると、ますます激怒して額を寄せてくる。一言多かったと思った時には遅かった。出会った時に強引に抱かれた記憶が甦って、つい軽口を叩いてしまったのだ。

「それは夜這いしてほしいという誘いか？　それなら今夜にでも忍び込んできてやるが」

アーサーは不敵な笑みを浮かべて樹里を見下ろしてくる。そんな恐ろしい真似、冗談でも勘弁してほしい。ただでさえ、神兵からアーサーとのことをからかわれるのだ。夜這いされているところを見られたら憤死ものだ。

どうしてこうなってしまったのか。自分は男相手に恋愛などまっぴらだと思っていたのに、この国に来てから男にモテまくりだ。

樹里は大きなため息をこぼして天を仰いだ。

少し前まで、樹里は地元の高校に通うごくふつうの十七歳の男子高校生だった。

八歳の時に父親を事故で亡くし、それからは母子家庭でたくましく育った。ワインバーを経営する母は美人で、その血を継いだのか樹里も男なのに綺麗だと噂されるくらい整った顔をしている。

ふつうに生きてきたはずの樹里だが、高校の課外授業で湖を訪れた際、英語教師の中島《なかじま》から信じられない仕打ちを受けた。凍っていたはずの湖が割れ、そこに落とされたのだ。中島というのは偽りの名で本当はマーリンという魔術師だった。アーサー王子の命を守るため、樹里を殺しに異世界からやってきたのだという。

湖に落とされて溺れ死ぬかと思った樹里だが、ガルダと名乗る男に助けられて、何故か異世界に辿りついてしまった。

それがこの国、キャメロット王国だ。

キャメロット王国は強固な守りで有名な騎士団の国で、魔女に呪いをかけられていた。樹里をこの国に連れてきたガルダは、神殿で暮らす神官だ。何でもこの国には神の子と呼ばれる存在がいて、国にかけられた呪いを解くための大切な役目を担《にな》っているそうだ。現在の神の子はジュリという名で、樹里と瓜二つの少年だった。ガルダは樹里に死んでしまったジュリの身代わりとなって神の子を演じてほしいと迫った。最初は当然断ったが、そうしないと元の世界に帰してくれないというので、仕方なく身代わりを務めることにした。だが、とんでもない続きがあった。

この国は魔女に呪いをかけられていて、その呪いを解くには、神の子と王の子が交わり、子どもをつくらねばならないという。

男である自分が子どもを産めるわけがなく、樹里は適当にごまかして元の世界に帰れる、月が赤く染まる赤食《せきしょく》の日を待つことにした。けれどこの国の王子二人から熱烈に求愛されただけではなく、騎士の誉れと称されるランスロットにまで愛を告げられてしまった。マーリンからは相変わらず命を狙われているし、実はガルダは魔女の子だったと分かったりと、いろんなことがぐちゃぐちゃな状態だ。

特に今一番問題なのは、ランスロットだ。

先月行われた馬上槍大会で、ランスロットはアーサーを倒し、勝者となった。勝者であるランスロットにはユーサー王から褒美《ほうび》が与えられる。あろうことかランスロットはその場で、樹里の護衛になりたいと言いだしたのだ。ユーサー王は王に二言はないとして、騎士であるランスロットの望むまま樹里の護衛につかせた。

それからずっとアーサーの機嫌が悪い。

アーサーは樹里を好きなので、恋敵が増えて気に入らないらしい。

アーサーは以前、ランスロットを自分が唯一敵わない相手かもしれないと言っていた。だから余裕がないのか会うたび樹里と喧嘩《けんか》になっている。もともとよく喧嘩になっていたが、最近は特にひどい。うんざりするくらいだ。

「もう、いい加減むすっとするのやめろよ」

神殿の奥に鎮座する女神像の前に立つと、樹里は腕を組んで顰《しか》め面《つら》をしているアーサーの脇腹を肘で突《つつ》いた。このひと月、ずっと機嫌の悪いアーサーに辟易《へきえき》していた。モルドレッド王子も会うと不機嫌で、ランスロットに嫌味を言っては帰っていく。嫌味を言わないだけアーサーはまだマシだが、それにしてももう少し気を遣ってほしい。

「俺もそう思っているが、どうしても奴を見ると面白くない。そもそも俺はこういうことで誰かと争ったことなどない。お前は本当に罪な存在だな。弟だけでなく、信頼する臣下とまで仲違《なかたが》いさせるとは」

アーサーがやっとこちらを見てしみじみと言う。

「お、俺のせいかよ？　俺は何もしてないって！」

自分に罪をなすりつけられた気がして、樹里は大声で否定した。人前では言葉遣いに気をつける樹里だが、アーサーには地の性格を知られているので気楽に話せる。

アーサーは女神像の足元に腰を下ろすと、じろりと見やる。

「お前がはっきり俺を愛していると言えばすむだけの話だ。お前、可愛い顔をして俺たちを手玉にとって喜んでいるんじゃないだろうな？」

アーサーにとんでもないことを疑われ、樹里はぶるぶると首を振った。

「んなわけねーだろ！　だから俺は……っ」

男なんて好きじゃないと言いかけ、樹里は言葉を呑み込んだ。神の子の身代わりをしている以上、それは言ってはならない言葉だ。

「お前の気持ちが定まっていれば、俺だって機嫌が悪くならないんだぞ」

アーサーが樹里の腰を抱き寄せて、真剣な顔で言う。目が合って、どきりとして樹里は口ごもった。アーサーとは二度閨《ねや》を共にしている。最初は無理やりだったが、二度目は半分合意だ。腰に回った手が異様に熱く感じられて、ドキドキした。正直、アーサーに対する自分の気持ちが分からない。男と恋愛なんてありえないと思っていたのに、アーサーといるとそわそわするような甘ったるい空気が流れる。二度も身体の関係を持ってしまって、おかしくなったのかもしれない。

（いやいや、俺は元の世界に帰るんだし）

自分はこの世界の住人ではないことを思い起こし、樹里はぶるりとした。樹里とアーサーでは生きる世界が違う。だから同性とかいう以前に、変な関係になるのはまずいのだ。

「もう寒くなってきたし、部屋に帰る」

樹里は変な空気になる前にと、腰に回されたアーサーの手をぴしゃりと叩いた。夏といえるほどの夏を実感しないまま、季節は秋に変わりつつある。キャメロットでは秋と冬が長い。寒い国なのだ。月は二つあるし、他にも変わったものがたくさんある。樹里はこの世界では神の子という立場のせいか、いつも布を巻きつけたようなひらひらした服でいることが多い。パンツがないというお国事情もあって、ノーパン状態でいるから寒さがいっそう身にしみるのだ。

「おい、せっかく二人きりになれたのに、その仕打ちはなんだ」

アーサーの腕から抜け出そうとすると、アーサーがむきになって樹里の腕を引っ張る。

「怒ってばっかだから、ヤなんだって」

揉み合っているうちに身体が後ろへ倒れ、女神像の台座にどうっと二人してぶつかった。石がずれるような大きな音がした。慌てて台座を見ると、女神像の台座の一部が少し動いていた。壊したのではないかと焦った。

「やばっ、やっちまったか！」

樹里はガルダに怒られるところを想像して青ざめた。

「意外にもろいな」

女神の足の真下の台がずれたのを、アーサーは屈《かが》み込《こ》んで眺める。樹里はアーサーの肩越しにずれた石を覗き込み、顔を引《ひ》き攣《つ》らせた。

「壊しちゃったかな？」

心配そうに樹里が言うと、アーサーはずれた石に触って汚れた手を叩く。

「もろい造りのこいつが悪いんだろ」

アーサーは気にした様子もなく、女神像が悪いと言い切る。不信心だと思ったが、一見元通りになったので樹里もそれ以上突っ込むのはやめることにした。

「樹里、次会う時は、ランスロットも子どもも獣も連れてくるな」

女神像から離れた樹里を追いながら、アーサーがくどくど言う。そう言われてもついてくるなとは言えない。

「あんまりつれないと、神の子としての義務を持ち出すぞ。お前も神の子なら務めを果たしていいはずだ」

煮え切らない返事の樹里に焦《じ》れて、アーサーが手首を摑んで真面目な顔で言う。神の子は月に一度は必ず王の子と交流しなければならない。先代の神の子は交流という名目で性行為を強要されていたらしい。今は会って食事をするだけで許されているが、これは決まり事だ。アーサーに言われて、ちくりと胸が痛んだ。樹里は本物の神の子じゃない。アーサーを騙《だま》しているのだ。ふだんはあまり考えないようにしているが、時々ひどい罪悪感に襲われることがある。

「分かったよ……」

樹里が小さい声で頷くと、アーサーの表情がいくぶん弛み、樹里の前髪をかき上げる。

「お前には振り回されっぱなしだ……」

アーサーが苦笑して樹里の前髪を指でちょいと引っ張る。樹里がアーサーを見上げると、目が合って屈み込んでくるのが分かった。キスをされる、と思った瞬間、つい身を引いてしまった。するとアーサーの動きが止まり、樹里もつられて動きを止めた。

アーサーがため息をこぼして樹里の髪にキスをする。

「俺の忍耐力がどれほど保《も》つやら。ほどほどにしてくれないと、そのうち爆発するぞ」

アーサーは恐ろしい発言をしながら、樹里に背中を向ける。二度目に身体を重ねた時の獣みたいなセックスを思い出して樹里は赤くなった。アーサーと距離を置いて歩き、神殿の出入り口まで見送る。アーサーは待っていた従者と一緒に王宮へ戻っていった。

アーサーが見えなくなるまでその場に留まっていた樹里は、目を伏せて自分の部屋に向かった。

神殿は外国の博物館みたいな造りで、正面玄関には太く大きい石柱が何本も立っている。建物は石で造られているのだが、三階建てで、樹里は三階の日の当たる立派な部屋で暮らしている。樹里の部屋の隣には従者のサンの小部屋があり、ランスロットはその扉の前にいつも控えている。

「お戻りになられましたか」

部屋の前で待機していたランスロットが、樹里を見て微笑んだ。ランスロットは二階の空き部屋を与えられたのだが、何かあった時のためにと言って、たいていここにいる。たまにサンの部屋で一緒にお茶を飲んだりしているようだ。

馬上槍大会が終わってからこの神殿に常駐しているランスロットだが、最初のうちは神兵とぎくしゃくしていた。ランスロットはふつうにしていても、神兵のほうは騎士が神の子を守るという状態が気に食わなかったようだ。この国には騎士と神兵という二大勢力があって、騎士は王家と国民を、神兵は大神官と神の子を守ることになっている。役割が異なるだけでなく、騎士が貴族や貴族の推薦を得た特権階級出身であるのに対して、神兵は一般市民や後ろ盾のない庶民出身なので、もともと仲が悪いそうだ。

だから堂々とやってきたランスロットが、神兵たちには面白くなかったらしい。けれど二週間も経つと神兵の態度は軟化し、ランスロットと打ち解けて話す姿も見られるようになった。聞いた話によると、ランスロットがまったく偉ぶらず、神兵に対して礼を尽くしたのが受け入れられた理由だとサンやガルダは言っていた。ランスロットは騎士の誉れと言われるだけあり、傲慢《ごうまん》とは対極にいる男だ。そんなランスロットを神兵たちも称賛するようになっていた。

「樹里様、少しよろしいですか」

ランスロットが真面目な顔つきになって声を潜める。手に黒い布を持っている。何か話したいことがあるようなので、樹里は自分の部屋に招き入れることにした。アーサーには怒られるだろうが、アーサーと違ってランスロットは部屋に二人きりになったとたん押し倒してくるような不《ふ》埒《らち》な真似はしない。

「サン、ちょっと席を外してくれないか」

サンのいる小部屋を通った際に頼むと、気にするそぶりを見せながらもサンが一礼して出ていった。樹里はランスロットを伴って、奥の部屋に入る。樹里の部屋には大きな木のテーブルと椅子、高級そうなクロゼットや長椅子が置かれている。壁にはタペストリーが飾られ、南側に窓が一つある。衣装部屋やベッドのある寝所、バスタブみたいなものが置かれた部屋も繋がっている。クロは部屋の入り口付近で、大きな身体を寝そべらせている。

ドアを閉めて樹里は長椅子に座り、ランスロットにも座るよう勧める。ランスロットは「いえ、このままで」と立ったまま口を開いた。

「実はクーパーから知らせが来たのですが」

ランスロットが声を落として切り出す。樹里は目を見開いた。

馬上槍大会のどさくさに紛れて、樹里は罪人として捕らえられた中島という男を逃がした。中島は樹里と同じ世界から来た青年で、本来、彼が英語教師として赴任するところをマーリンと入れ替わっていたのだ。だがマーリンにはめられ、あやうく処刑されそうになった。無実の罪で殺される寸前の中島を救ったのは樹里だ。彼を逃がす際、樹里はこう言ったのだ。

『ラフラン湖に行ってみて。多分だけど、あの湖に潜ったら元の世界に帰れるかもしれない』

ラフラン湖というのは王宮から馬を一日半走らせた場所にある、ランスロットの領地にある湖だ。ラフラン湖の中央に浮かぶ小島は神殿の禁足地で、樹里はガルダたちと一緒に神具をとりに行ったことがある。ラフラン湖は不思議な湖で妖精が棲《す》む聖域だ。その湖に樹里が潜った際、何故か自分の母親や友人の姿を見た。そもそも樹里がこの世界に来た時も湖に落ちてやってきた。そのことから、ひょっとしたら湖というのはあちらの世界とこちらの世界を繋ぐ道になっているのではないかと推測している。

だから樹里は中島にそこから元の世界に帰れる可能性を伝えた。

もし元の世界に帰れなかった時は、ランスロットが古くからの友人であるクーパーに中島の面倒を見るよう手配してくれたのだ。

そのクーパーから連絡がきた。

「何て言ってた⁉」

樹里は身を乗り出してランスロットに聞いた。

「ナカジマという男は現れなかったそうです。けれど近くに住む少年がナカジマと名乗る男から頼まれたと言ってクーパーに会いに来ました。……ナカジマは自分が戻らなかったら、クーパーにこれを渡してほしいと言ったそうです」

ランスロットが黒い布を樹里に手渡してくる。薄汚れた布を広げた樹里は、思わず立ち上がって叫んだ。

「やっぱり帰れたんだ！」

つい大声を出してしまったのは、渡された黒い布が、最後に会った時に中島に渡した自分の黒いマントだったからだ。樹里の様子にランスロットが驚き、瞬《まばた》きをする。樹里は興奮を押し殺せず、黒いマントをぐしゃぐしゃに握りしめた。

このマントがクーパーの手に渡ったということは、中島が元の世界に帰れたという証拠に思えた。溺れた可能性もあるが、溺れ死んだなら遺体が上がるだろうし、クーパーも何かしら報告してくるはずだ。ガルダから赤食の日でなければ帰れないと言われていた自分の世界に、戻る方法があったのだ！　樹里は顔を真っ赤にして涙ぐんだ。湖で見た映像は、樹里に自分の世界と繫がる場所を示していた。

「あの、樹里様……。ひょっとしてラフラン湖から……？」

ランスロットは樹里が興奮している理由が分かると、浮かない顔つきになった。ランスロットは、樹里の事情を知っているのだ。

「うん、帰れるかも。あの湖、妖精もいるし、やっぱすごい」

樹里は目をきらきらさせたが、悲しげなランスロットを見て我に返った。樹里にとっては自分のいた世界に帰れる願ってもない朗報だが、自分を好いているランスロットにすれば、別れの知らせのようなものだ。

「樹里様……」

ランスロットに切ない声で呼ばれ、樹里はうろたえて長椅子に再び腰を下ろした。

ランスロットとは禁足地で変な雰囲気になってしまい、流されて性的な行為に至ったことがある。それ以来、ランスロットが樹里に不埒《ふらち》な真似をすることはなかったが、微妙な空気になることがある。

「本当に元の世界に帰ってしまわれるのですか？　私は……」

ランスロットが苦しげな眼差しで一歩進み出てくる。樹里が何か答えようとしたのを遮るように、奥からサンの声が聞こえてくる。

「樹里様、ガルダ様がいらっしゃいました」

ガルダの来訪を知らせるものだ。樹里が立ち上がると、ランスロットは樹里の前に立ちふさがって身を屈めてきた。

「樹里様、戻られる前に必ず私に知らせてくれるとお約束下さい。急に消えるようなことはしないと」

ランスロットの焦《こ》がれるような瞳に、その気迫に呑まれるように樹里は頷いた。本当に帰れるなら誰にも知られず帰りたかったが、ランスロットの願いを無下にできなかった。

樹里が頷くとランスロットはいくらか安堵したのか、一礼すると無言で部屋を出た。入れ替わりにガルダがやってくる。ガルダはランスロットの後ろ姿を振り返る。

「ランスロット卿は何を？」

「いや、何でもない」

樹里はガルダの問いをごまかして目を逸らした。中島のことはガルダに話したくなかった。ラフラン湖から元の世界に帰れるとなると、赤食の日でなければ戻れないと言っていたガルダの意見とは食い違う。単に知らないだけなのか、それとも……？　ガルダには、おいそれと迂闊《うかつ》なことは言えない。

「何か用か？」

サンがお茶を持ってやってくる。ガルダがテーブルの上に置かれている汚れた黒いマントを見ているので、それをサンに渡して洗濯を頼んだ。

「五日後に、狩猟祭があるので知らせに来ました」

テーブルに着いたガルダが口を開く。

「狩猟祭？」

初めて聞く言葉に樹里が首をひねると、ガルダが説明してくれる。

「年に何度か王族と貴族で狩りに行くのです。神の子も参加しますが、神の子はついていくだけで狩りはしません。遊びみたいなものですので、気楽に参加なさって下さい。狩りで仕留めた獲物は、夕食に出されるしきたりですので、夕食は王宮でいただくことになります。狩猟祭の参加者が一堂に会しますので、名前を憶《おぼ》えてもらわねばなりませんが……」

樹里は渡された招待状を見ながら、ふーんと頷いた。何を狩るのか聞くと、ウサギや鳥といった小動物らしい。自分はそこで愛想をふりまけばいいようだ。

「狩りには弓矢が使われます。マーリンがどんな手を使ってくるか分かりません。くれぐれもご用心なさって下さい。まぁランスロット卿もいますから、大丈夫だと思いますが……」

ガルダはドアのほうを振り返って呟く。ランスロットが樹里を護衛するようになって、ガルダの心労は一気に軽くなったらしい。それほどランスロットは強い。

「そういえばランスロット卿の領民は、樹里様のことをたいそう褒《ほ》め称《たた》えているようですよ。湖に張られた氷を溶かし、妖精を意のままに操ると……」

ガルダが思い出したように言って、微笑んだ。樹里は目を丸くする。

「何それ」

「あ、僕も聞きました。街では今、吟遊詩人が樹里様のことを歌っているらしいです。神の子を讃《たた》える歌が流行《はや》っているようですよ」

　お茶のお代わりをつぎに来たサンが、得意げに教えてくれた。なんでも樹里の評判は上がる一方で、樹里の神秘的な力を讃える曲や、アーサー王子やモルドレッド王子、騎士の誉れのランスロットを惑わす妖艶なる少年という歌が酒場で吟遊詩人によって歌われているらしい。

　樹里はげらげら笑った。どうやら妖精の言葉が分かることやラフラン湖の氷を溶かしたこと、竜を遠くへ追いやりそのうろこを手にしたこと、めったに現れないケルピーという生き物と遭遇したこと、果ては貴族の少年の命を救ったことまで、数々の逸話として語られているらしい。どれも自分の力ではなく、偶然だったり、マーリンの魔法が解けただけだったというのに、すっかり樹里の力を神の御業《みわざ》と信じたようだ。おまけに馬上槍大会でランスロットが堂々と己の気持ちを宣言したので、噂好きの国民は興味津々なのだろう。

「すげーな、伝説ってこういうふうにできていくんだな」

　樹里は感心してガルダとサンの話に聞き入った。特にランスロットの領民たちは、樹里に何かあったら駆けつけると息巻いているほどらしい。王の子と結ばれないならランスロットと結ばれればいいのではないかとまで言っているとか。城主に対する想いがそれだけ熱いのだろう。

「笑いごとじゃねーな……。あんまり変な肩書つけられて、ぼろがでたらやばい」

　最初は笑い飛ばしていた樹里も、聞くほど怖くなって笑えなくなってきた。変な期待を持たれても困ってしまう。

「とりあえず狩りでは大人しくしてるよ。そん時ランスロットは狩りをしないの？」

狩猟祭のことを了承し、樹里はぬるくなったお茶を飲んだ。樹里の護衛として傍にいるなら、ランスロットは狩りに参加しないのだろうか。ランスロットも貴族の子弟だが、そういった遊びに興じている姿はあまり想像できない。

「ランスロット卿は毎回王族の護衛をするだけで、狩りには参加しませんね。アーサー王子は狩りが好きで、よく誰が一番大きい獲物をとったと言っては競っておりますよ。モルドレッド王子も弓の腕はたいしたものですので、当日は二人が火花を散らすでしょうね。どちらがあなたにより大きな獲物を捧げられるかと」

いろいろ面倒そうだとうんざりした。アーサーとモルドレッドは兄弟だが、互いに牽制《けんせい》し合《あ》うところがあるので心配だ。中島からアーサー王物語を教えてもらった時、モルドレッドはアーサーを殺すと言っていた。この世界とアーサー王物語は酷似している部分が多いので、その点は気がかりだった。相違点も多いのだが、二人の仲が悪いと物語の通りになりそうで不安になる。

「分かったよ、当日は言動にも注意する」

樹里は身を引き締めた。

ガルダは神の子としての態度が板についてきたと喜んで帰っていった。

樹里は一人きりになると、肩から力を抜き、中島に思いを巡らせた。

ラフラン湖から帰れるとなったら、時機を見てラフラン湖を訪れなければならない。この世界に長くいすぎるのはよくないと樹里は思っていた。多くの人と関係すればするほど、帰る気持ちが揺らいでしまう。さっきのランスロットだって、そうだ。帰らないでくれと言われるのはとてもつらい。自分はこの国の住人ではないし、神の子を偽っているというのに、優しくされると罪悪感ばかりが増していく。

ガルダには悪いが、次の赤食の日まで待つつもりはなかった。ガルダは自分が魔女の子であることを樹里に黙っていた。ガルダが悪者なのか、それとも樹里の知っているちょっとドジだけど人のいい魔法使いなのか。それを見極めるつもりもなかった。このまま樹里の知っている善人でいてほしかった。そのためにも、ひそかにラフラン湖に潜り、元の世界に帰るのが一番いい気がしていた。

樹里には他にも考えることがある。マーリンは未来を覗き、神の子がアーサーを殺したのをその目で見ている。そのために樹里を亡き者にしようとしているのだ。自分はアーサーを憎からず思っているし、殺すなんてありえないと思うが、何が起こるか分からないのがこの世界だ。しかも中島が置き土産として置いていった銃もある。銃があれば樹里でもアーサーを殺すことは可能だ。

今の自分にはアーサーを守る理由はあっても、殺す理由は一つもない。けれど、もしそんな理由ができてしまったら――。樹里はぶるりと首を振った。そんな間違いを犯さないためにも、元の世界に戻る必要があるのだ。

（情が移る前に早く帰らなきゃ……）

問題は元の世界に帰った後もマーリンに命を狙われる可能性もあるということだが、マーリンという刺客を警戒していれば、簡単にはやられないと思うのは甘いだろうか？　だがマーリンは樹里の世界では異邦者だ。どうとでも逃れる術《すべ》はあるはずだ。そう信じたい。

「それとお前も早く元の姿に戻らなきゃ……」

樹里は大きなあくびをしているクロを見た。黒猫だったクロを連れて帰らなければ母が悲しむだろう。とはいえ神獣化してしまったクロをどうすれば元に戻せるのか、ちっとも分からない。

樹里は眠れない夜を過ごすことになった。

3　岩に刺さった剣

Excalibur

よく眠れないまま朝を迎え、樹里《じゅり》は眠い目を擦りながら清めの儀式を受けた。

清めの儀式は三日に一度の苦行だ。神殿の広間を抜け、細い廊下を何度も曲がった先にある水場で神官に身体を洗ってもらわなければならないのだ。春夏はいいのだが、秋冬は凍えるほどの寒さで、その上洗ってくれるのは神官の一人であるリリィという老婆だ。老婆とか異性とか以前に、他人に身体を洗われるのは居心地悪い。

清めの儀式は憂鬱《ゆううつ》だったが、頭はすっきりした。朝の祈禱《きとう》では、大神官の後ろで祈りを捧げる。太陽が辺りを照らし始めた頃、祈禱が終わり、樹里も自由の身になった。

祈禱所から神殿の入り口に向かっていると、神兵のベイリンがやってくる。ベイリンは王様みたいな口髭《くちひげ》を生やした三十歳くらいの男だ。神兵の中で一番剣が強い男なのだが言うことがいちいち大げさで、相手をするのが面倒になる時がある。

「神の子、ご機嫌麗《うるわ》しゅうございます！　あなたの美しさに今朝は鳥がけたたましく鳴きっぱなしですよ。おそらくあちこち飛んでは神の子の素晴らしさを歌っているのでしょうな。私も負けてはおりませんぞ、神の子には話していない伝説がまだ……」

ベイリンは樹里の顔を見るなり、髭を弄《いじ》りながら得意げに胸を張る。ベイリンの自慢話は長いので、樹里は神殿の入り口に目をやった。

「今日は？」

ほぼ連日樹里を招こうと、アーサーとモルドレッドの従者が待機しているのだ。するとベイリンが自分の額をぺちんと叩き、さも大変だというように樹里の背中を押してくる。

「そうでした！　神の子、今日はアーサー王子が直々にいらしておりますぞ。恋ゆえに従者ごときに任せておられんといったところでしょうか？　アーサー王子の心を惑わせるとは神の子は本当に罪なお方ですな。アーサー王子は以前はしょっちゅう浮き名を流しておられたのに、神の子と会ってからは神の子ひとすじとか。モルドレッド王子の従者もいらしてますが、やはり弟君はまだまだですな」

ベイリンは大声で樹里に耳打ちしてくる。王子という立ち場のせいか、アーサーもモルドレッドも基本的に従者を送ってくる。どうしても誘いたい日や何かの用事がある時は王子自らやってくるのだが、昨日も会ったのにわざわざ今日もアーサーが来たと聞いて胸騒ぎがした。アーサーは騎士団を束ねているのもあって多忙なため、連日誘いに来ることは滅多にないのだ。何かあったのだろうか？

（まぁアーサーはわりと気楽にやってくるけど……）

しゃべり続けているベイリンに背を向け、樹里は少し足を速め、神殿の入り口に急いだ。

「樹里」

神殿の太い石柱に寄りかかってアーサーが待っていた。樹里がモルドレッドの従者に「今日はアーサーと過ごす」と伝えると、はなから諦《あきら》めていたのか従者は一礼して去っていった。

「どうしたんだよ？　昨日も会ったのに」

首をかしげると、アーサーは神殿に入ってくる。いつもなら遠乗りに出かけようとか、王宮でお茶でもと陽気に言ってくるのに、今日はやけに真面目な顔つきをしている。しかも朝の訓練を終えてそのままやってきたようで、鎖帷子《くさりかたびら》の胸当てにマント、脛当《すねあ》てや肘当てをつけたままだ。

「ちょっと気になることがあってな」

アーサーは樹里の肩に手を回すと、神殿の奥へと足を向ける。樹里は今日は足首まである薄絹の服を着ている。出かけるならこの格好じゃ寒いのでケープを持ってこようかと思ったが、アーサーに出かける様子はない。

「何で中に？」

神殿の広間はだだっ広く、太い石柱が何本も立っているだけでがらんとしている。くつろげるような場所はないし、石造りで日が当たらないので薄暗くひんやりしている。樹里の疑問に、アーサーはまっすぐ女神像のある祈禱所へ向かうことで答えた。

「昨日、台座を壊しただろう？　昨夜、ふと気になってな」

巨大な女神像の前に立ち、アーサーが目を細めて呟いた。祈禱所は大神官と神官、樹里くらいしか来ない場所だ。一般の人は特別な日にしか入れないし、入れたとしても仕切りのある場所から女神像を見ることになる。女神像は大きいので、遠くからでも十分見えるのだ。昨日は人けのない場所を探してたまたま女神像の台座に辿りついたのだ。

「気になるって何が？　直したんだし、ほっといていいんじゃない？」

樹里はてっきりアーサーが反省したのだと思った。ところがアーサーはしゃがみ込んで台座を調べ、あちこちを押したり引いたりしている。

「おかしいな、昨日はどうやって動かしたんだ……」

アーサーはぶつぶつ言いながら台座を力任せに押す。今日はどういうわけかびくともしない。

樹里も屈《かが》み込《こ》んだ。

「ここじゃん？」

樹里が台座の一部を手で軽く押すと、石がごとっと動いた。アーサーもその石に手をかけていたので、二人は体勢を崩すように前のめりになった。

「おわっ！」

思いがけず大きく石が動き、樹里は台座の下にできた空間に吸い込まれた。訳が分からないのだが、台座の下に空間があった。

「樹里！」

支えがなくなり、樹里は上から聞こえるアーサーの声を耳にしながら暗闇の中に転がり落ちた。一メートルぐらいは落ちただろう。樹里はパニック状態で地面に転がり、慌てて身を起こした。

「な、な、な……っ⁉」

樹里は裏返った声で周囲を見回した。真っ暗でよく分からないが、地下道のように細い道が続いているようだ。感触は石畳っぽい。自然にできたものではない。人工的に誰かが造り上げた道らしい。ということは——隠し通路なのだろうか。

「やはりか、昨日帰ってから隠し通路じゃないかと思いついたんだ。ちょっと待ってろ、今松明《たいまつ》を持ってくる」

アーサーは上から樹里を見下ろし、興奮している。引き上げてもらおうと思っていた樹里は、アーサーが嬉々《きき》として松明をとりに行ったことに、唖然とした。

「ちょっ、アーサー……、えっ、嘘っ」

アーサーに文句を言おうとした矢先、ゴゴゴと音がして樹里が落ちた穴が閉まりそうになった。やばい、閉じ込められる！

「アーサー‼　閉まってる、閉まってる、これがホントのしまっただー‼」

樹里が混乱して叫ぶと、穴が閉まる寸前に松明を持ったアーサーがひらりと下りてきた。同時に隠し扉が完全に閉まり、樹里は固まった。

「危なかった、ひょっとしてこの仕掛け、二人で押さないと動かないのかもな」

アーサーは松明を掲げ、平然と周囲を見回す。その余裕のある態度に呆れ、樹里はアーサーの肩をがくがくと揺らした。

「な、何言っちゃってんの⁉　俺たち閉じ込められたんだぞ⁉　ど、ど、どーすんだよ！　どうやって帰るんだ！」

樹里が怒鳴りつけると、アーサーがふむと頷いて隠し扉らしき石を押した。樹里も一緒に押したが、石はびくともしない。

「心配するな。出口は他にもあるはずだ」

アーサーがあっけらかんと言う。樹里はこめかみをぴくぴくさせてアーサーを睨《にら》みつけた。アーサーはきっと秘密の地下を探検したいだけだ。そもそも疑惑を抱いていたなら、どうしてちゃんと準備をしてこないのだ。探検に必要そうな道具を持ってくれば役に立ったのに。自分たちにあるのはアーサーが持っている松明のみだ。

「出られなかったら恨んでやるからな」

樹里がじっとり睨むと、アーサーは松明をかざして笑っている。

先ほどは暗くて見えなかった地下が、松明の火のおかげで見通すことができるようになった。トンネルのような道がずっと奥へ続いている。床は平たい石が敷かれ、壁と天井の要所要所を木材で補強している。

「安心しろ。松明の火が消えていないということは空気がどこからか来ているということだろう。行ってみよう。王子である俺すら知らなかった神殿の地下通路だ。調べておかないと」

アーサーはやる気満々で松明を掲げて歩きだす。仕方なく樹里もその後ろにくっついていったが、地下通路は思いのほか長かった。樹里もこんな地下通路があったなんて知らなかった。何か起きた時に大神官が逃げ延びるための通路だろうか？

「道が細くなってきたな」

アーサーは松明の火で上下左右を照らす。トンネルは屈まないと進めないくらい低くて、二、三メートル先に何があるのかさえよく見えない。中腰になって進んでいると、分かれ道に出た。アーサーが迷わず右を選んで進む。

五分ほど道をもくもくと歩いただろうか。同じような道が続いているせいで、どれほど進んだのか分からず、どんどん不安になってきた。

「本当に迷って出られなくなったらどうする？」

黙り込んでしまった樹里を振り返り、アーサーがからかうように聞いてくる。

「冗談でもやめてくれよ。アーサー王子がこんなところで死ぬわけないだろ」

樹里はムッとして唇を尖《とが》らせ、アーサーの背中を拳《こぶし》で軽く叩いた。アーサー王物語の中にそんな展開はなかったはずだ。それだけが樹里の心の拠《よ》り所《どころ》なので、今はアーサーの強運に賭けるしかない。

「俺はお前となら一緒に死んでも構わないが」

アーサーは立ち止まって、笑いながら囁《ささや》いてくる。樹里は悪い冗談だとアーサーの背中を押した。アーサーは笑い声を立てて歩き始める。

道はまだかなり先までありそうだ。神殿の敷地は広大なので、地下通路もそれなりの規模になるだろう。

「ずいぶん古い造りのようだな」

アーサーは時おり天井や壁に手を当て、考察している。完璧に整備されているというわけではなく、ところどころ岩肌がむき出しになっている。小さい頃、銅山の見学に行ったことがあるのだが、そんな感じだ。

その時、ふいに道が開けて石造りの円形の部屋に出た。

「ここは……」

樹里は部屋の中央に立って、ぐるりと周囲を見た。円形の部屋からは五本の道が伸びている。かがり火台があって、中に木切れが残っていたらしく、アーサーはそれに火をつけて部屋を明るくした。

円形の部屋の床には大きな石板があり、レリーフが刻まれていた。長い杖を持った魔女が両手を広げ、キャメロット王国に呪いをかけている絵だ。ガルダに覚えておくようにと何度も読まされた本に描かれていた絵と似ている。

「そうなのか……」

絵と一緒に長い文章が刻まれていて、アーサーが難しそうな顔をして読んでいる。樹里はひょいと覗き込んでから、アーサーを見た。

「何て書いてあるんだ？」

樹里が聞くと、驚いたようにアーサーが振り返った。その瞳に困惑した色が浮かんでいる。樹里はアーサーが何故困惑しているのか分からなくて、きょとんとした。何か恐ろしいことでも刻まれているのだろうか。

「……魔女を倒すには天上の知恵、強靭《きょうじん》なる肉体、清らかな妖精のごとき心が必要だと刻まれている」

アーサーがレリーフに松明をかざし、話してくれる。樹里はふーんと頷いた。魔女を倒す方法ということか。

「この地下通路を造ったのは、神官なのかな」

魔女を倒す方法を書くということは、地下通路の設計者は神官だろうか。樹里の素朴な疑問に、アーサーはかすかに唸《うな》った。

「だとしたら、何のために造ったのだろう」

アーサーは自分が知りえなかった情報に、疑問を抱いているようだ。

「どっちに進む？」

樹里が五本の道を見ながら聞く。アーサーは一つずつ道を覗き込みながら、悩んだ末に真ん中の道を選んだ。本当は右の道を行きたいのだが、と呟いている。だったら右へ行けばいいのにと思ったが、アーサーいわく真ん中の道から水の匂いがするという。

真ん中の道だけが岩肌がむき出しの通路だった。他の四つは石畳の道になっている。

真ん中の道を歩き始めて数分経った頃、アーサーの推測どおり、ぽとぽとという水滴の音が聞こえてきた。ひんやりした空気も感じる。足を速めると、開けた場所に出た。

まるで鍾乳洞《しょうにゅうどう》みたいだ。天井からつららみたいな塊《かたまり》が無数にぶら下《さ》がっていて、壁は複雑に隆起している。中央に巨大な岩があり、大きな窪《くぼ》みができていた。盥《たらい》のようだ。窪みから漏れた水は地面に染《し》み込《こ》んでいた。

「どこからか水が伝ってきているようだな」

アーサーは天井を見上げ、考え込むように言う。盥を覗くと濁りのない綺麗な水だ。飲み水がなくて死ぬことはなさそうでホッとした。

「ここから外に出るのは無理そうだな。元の道に戻るか。他の道もこの程度の距離なら、全部見て回れるな」

アーサーが踵《きびす》を返して告げる。五本の道がすべてこんな感じなら確かに探検はすぐ終わる。

先ほどの円形の部屋に戻ると、アーサーは今度は迷わず一番右の道に進んだ。右から攻略していくつもりらしい。一番右の道は広く、二人で肩を並べて歩けるほどだ。一定間隔で壁に小さな横穴があって、溶けた蠟燭《ろうそく》が残っている。多分明かりを置く場所なのだろう。

「大神官には前からきな臭い噂があるから、万が一の時のために用意したのだろうか」

アーサーは渋い表情で周囲に目を走らせる。樹里はどきりとしてうつむいた。以前モルドレッドから探りを入れられたことを思い出したのだ。大神官は神殿の長なのだが、ユーサー王を憎んでいて、ひそかに武器を集めクーデターを企てているようなのだ。その情報が王族に漏れているのを知り、大神官はしばらく大人しくすると決めたらしい。だが、いつなんどき気を変えるか分かったものではない。

「で、でもこれもっと古い時代に造ったぽくない？」

樹里はここまでの道を振り返り、アーサーに言った。アーサーもそれには同意らしく、ますます考え込んでしまう。

「誰が何のためにこんな場所を造ったのかが問題だ。魔女モルガンを倒す文章があるから、魔女に敵対する者によると思うのだが……」

アーサーに呟かれ、樹里も考えてみた。ガルダはこの地下通路を知っているのだろうか？　ガルダは魔女の子どもだとマーリンは言った。ガルダが魔女の手先なら、モルガンを倒す文章が刻まれた地下通路なんて壊そうとするのではないか。樹里にはガルダさえも知らない場所に思えた。

「女神像の台座が出入り口なのかな」

樹里が何気なく言うと、アーサーが足を止める。その目が鋭く光っている。

「女神像を造った際にすでに仕込んでおいたものだとすれば、今の大神官は無関係だ。あの女神像は神殿を造った時に同時に造られたものだから……」

「呪いをかけられた時か！」

樹里は目を見開いた。歴史の勉強をした際に、この神殿を造ったのはいつなのかガルダに聞いたことがあった。ガルダは魔女の呪いを打ち破る祈願を込めて、造られたと言った。呪いをかけられた後に神の子もまた生まれたので、その神の子を守るためにも神殿は造られたのだ。

「当時の大神官がこの地下通路を造った理由は何なのか……。今のところ魔女モルガンの呪いを解く方法は見当たらないが」

アーサーは歩みを再開させる。アーサーの言う通り、何のためにこの通路を造ったのかがさっぱり分からなかった。円形の部屋にはモルガンを倒すには天上の知恵、強靭なる肉体、清らかな妖精のごとき心が必要だと書かれた石板があったが、それ以外は特筆すべきことはない。

「アーサーは何があると思うんだ？　ここに」

樹里は興味を抱いてアーサーに聞いた。道は長く続いていて、時々くねくねと曲がっている。

「お前を女にする方法でもあればいいいと思ったんだが」

思わずつんのめるような発言をされて、樹里は真っ赤になってアーサーの脛を蹴ろうとした。寸前に身をかわされ、距離を置かれる。

「何で怒るんだ」

アーサーは理解不能といわんばかりの表情で樹里を見返す。樹里はアーサーを睨みつけ、唇を嚙んだ。よりによって自分を女になんて！

「冗談じゃねぇっつの、俺は女になりたいなんて思ったことはない！　女がいいならグィネヴィアでもエレインでも選べばいいだろ！」

樹里が大声で怒鳴ると、反響がすごかったのかアーサーがうるさそうに両耳をふさいで離れていく。

「女がいいと言っているわけではない。子どもを作るには女のほうが手っとり早いと思うだけだ。何でそんなに怒るんだ。お前は訳が分からん」

アーサーは耳から手を離すと、呆れたように言う。

魔女の呪いを解く方法は王の子と神の子が交わって子どもを作ることだと伝えられているのだ。忘れていたわけではないが、面白くなくて樹里は仏頂面《ぶっちょうづら》でそっぽを向いた。あれだけ好き勝手にやっておいて、女がいいなんて言われたら腹が立つのも当然だ。樹里の怒りを鎮めるようにアーサーが横に並んで肩を抱いてくる。

「お前はいつも憎まれ口を叩くが、もう少し愛想よくできないのか？　そこが気に入っているところでもあるが、あまりつれないと力ずくで言うことを聞かせたい衝動に駆られる」

アーサーは馴れ馴れしく樹里を抱き寄せ、耳元で切々と言う。樹里はキッと睨みつけ、アーサーの脇腹を肘で突《つつ》いた。

「そんなことしたらマジで嫌いになるかんな」

最初に無理やり犯された記憶が甦って尖った声を出すと、アーサーがニヤニヤして樹里の髪をちょいと指で引っ張る。

「そういう目が、男心をくすぐられるんだよ。強気なお前を組み敷いて、これ以上ないくらいよくして、俺を欲しいと言わせたいのだ。お前は感じやすいから、すぐにうっとりするだろう。お前の声は甘くて、身体は」

他に人がいないのをいいことに、べらべら下ネタをしゃべり始めたアーサーの口を、樹里は思いきり両手でふさいだ。

「今すぐ黙らないと、俺、無事に戻ったらモルドレッドのところに行くからな」

樹里が歯ぎしりをして最後通牒《さいごつうちょう》を突きつけると、アーサーはぴたりと口を閉ざした。樹里は肩におかれたアーサーの腕を振り払い、ずんずんと進んだ。それにしてもこの道はかなり長い。すでに十分は歩いている。

アーサーが黙り込むと、急に静けさが気になり始める。互いの足音だけが聞こえる。

長い沈黙に気詰まりを感じて、樹里はちらりとアーサーを見た。おしゃべりを解禁しようかと思ったのだ。ところが、アーサーの顔がやけに真剣だ。

「……何だか妙だな」

前を歩いていたアーサーが時おり足を止め、周囲に目を配る。アーサーの眉が寄せられ、足どりが鈍くなった。樹里はアーサーのマントを引っ張った。

「どうした？　何か気になる点でも？」

アーサーの態度に不穏なものを感じて、樹里は戻るかと問いかけた。アーサーは迷いつつも前に進む。何が妙なのか教えてほしくて、樹里はアーサーの前に回り込んで聞こうとした。

その瞬間、樹里の身体が浮いた。

「え、う、わ……っ」

確かにあったはずの地面が急になくなり、一気に落ちる。床石の真ん中がぱっくり割れて、底の見えない穴が開いたのだ。

「樹里！」

とっさにアーサーが手を伸ばして、樹里の腕を摑む。そのおかげで墜落は免《まぬか》れたが、次の瞬間、別の恐ろしい出来事が起きた。横の壁から槍《やり》が突き出てきて、アーサーの脇腹を刺したのだ。仕掛けが施されていた。アーサーの持っていた松明が穴の底に落ちていく。火が小さくなっていき、やがて消えた。かなり深いようだ。

「ぐ……っ」

樹里の腕を摑んでいなければ避《よ》けられたのに、樹里を摑んでいたばかりにアーサーはもろに槍を受けた。アーサーは床石に片膝をついた状態で、落下しかけた樹里の腕を摑んでいた。

「アーサー‼　放せ！　放していいから！　馬鹿、放せって！」

樹里は悲鳴のような声を上げた。アーサーは苦しげな表情で樹里の腕を摑んだまま、痛みに耐えている。何度も放せと叫んだが、アーサーは樹里の腕を放さない。

「うるさい、今、上げる、……っ」

アーサーが、手に力を込める。樹里の身体が少しずつ引き上げられる。樹里は自力で何とかしなくてはともう片方の手を伸ばした。宙ぶらりんの状態で、足をひっかける場所がない。アーサーは脂汗を浮かべて樹里をじりじりと引き上げる。やっと床石に手がつき、樹里は懸命に身を伸ばした。肘が床石にかかると、アーサーが樹里の腰留めを摑んで一気に持ち上げてくれた。

「アーサー‼」

助けられた樹里は、アーサーを振り返った。落とし穴は、開くと同時に横の壁から槍が何本も突き出す仕掛けになっていた。アーサーは樹里から手を離すと、ふーっと大きく息を吐き、ゆっくりと脇腹に刺さった槍を引き抜いた。鎖帷子をつけていたにも拘《かかわ》らず、刃先は深く刺さったようだ。

血があふれ出す。樹里は鼓動が速まり、どっと汗を噴き出した。抜くと出血するから、抜かないほうがよかったのではないか。

「ここは危険だ……、さっきの部屋に戻ろう」

アーサーが脇腹を押さえ、ふらつきながら呟く。樹里は慌ててアーサーに肩を貸し、支えるようにして歩いた。ぼたぼたとアーサーの指の間から血がしたたり落ちる。樹里は恐怖で歯を鳴らした。

とんでもないことになってしまった。自分のせいで、アーサーが大怪我《おおけが》を負った。

樹里は紙より白くなったアーサーの顔を見て、激しく動揺した。鎖帷子は槍が突き刺さった部分が破れている。アーサーは一歩歩くのもつらそうだった。

どうにか円形の部屋に戻ると、アーサーは倒れ込むように床に身体を投げ出した。

「アーサー、どうしよう、どうすればいい？　俺のせいで……」

樹里は床に膝をつき、アーサーの怪我を確認してうろたえた。応急処置の仕方も分からない。よりによってこんな時に、何も持っていないなんて。樹里がパニックになってがくがく身体を震わせていると、アーサーが不敵に笑った。

「これくらいの怪我で泣くな……」

アーサーに言われて初めて、自分が泣いているのに気づいた。樹里は両手で顔を擦り、ともかく止血しなければと思った。だが腕や足なら縛って止血することもできるが、脇腹はどうやって止血すればいいのだろう？

「何で俺なんか助けたんだよ？　お前は王子なんだから、自分の命を大切にしろよ！」

アーサーを助ける術《すべ》が見つからなくて、樹里は混乱してわめいた。叫んでいないと正気を保てなかった。アーサーの脇腹から血がどんどん流れる。目の前で人が死にかけているのに、自分はなんて無力なんだろう。

「お前の力で治せないか……？」

かすれた声で言われ、樹里は心臓が止まりそうになった。

アーサーは樹里を神の子だと信じているが、自分にはそんな力はないのだ――それがどれほど恐ろしいことか、樹里は自分の浅はかさ、思慮のなさを痛感した。

アーサーがあまり動揺していないのは、樹里の力を信じているせいかもしれない。樹里はもっとひどい怪我人を治したことがあるから、これくらいなら治せて当然だと思っていてもおかしくない。

（俺……、とんでもないことを……）

樹里は脳天を割られたようなショックを受け、涙を流した。お披露目の儀式で瀕死のチャーリーを救った時から、いつかこんな事態が起きるのではないかと恐れていたのに。それなのに自分は考えるのが面倒で目を背け、日々を気楽に過ごしてきた。もっと考えるべきだった。こうなった時に、自分には何の力もないのだから、しかるべき手を打つ必要があった。

アーサーに真実を語っていれば、こんなことにはならなかったかもしれない。すべては嘘で塗り固めた自分の責任だ。

「アーサー……、ごめん、……ごめん、俺、……」

樹里は泣きながら謝った。出口も分からない状況で、こんな大怪我でアーサーを死なせてしまうことになろうとは。まさかこれがマーリンの覗いた未来なのだろうか？　自分は知らぬ間にアーサーの死の手助けをしてしまったのだろうか？

「……できないのか」

アーサーは泣きじゃくる樹里を見つめ、かすれた息を吐いた。その目には不思議な色が浮かんでいた。樹里の真意を見透かすような、冷静な色だ。責められると思っていたのに、アーサーは無言で痛みに耐えている。

樹里は自分の裾を裂いた。布をまとめて、アーサーの傷口に押し当てる。圧迫止血の方法を思い出したのだ。樹里は傷口を強く押さえ、懸命に祈った。誰でもいいからアーサーを助けてくれと、心の底から願う。

（お願いだ、アーサーを助けてくれ！）

樹里の涙がアーサーの傷口に押し当てられた布にぽたぽたと落ちる。

奇妙なことが起きた。アーサーの脇腹辺りが、きらきらと光りだしたのだ。びっくりして目を見開くと、苦しげだったアーサーの寄せられた眉根が和らぎ、驚いたように目を見開く。樹里の手からは白い光があふれていた。何が起きているか分からなくて、呆然とする。

「お前……」

アーサーが驚愕《きょうがく》したように唇を震わす。その顔にはみるみるうちに赤みが戻り、先ほどまで弱々しかった息遣いがふつうに戻っていた。アーサーは樹里の手を優しく放すと、身を起こした。

アーサーの脇腹の怪我が、治っていた。

傷ついたはずの肉が何事もなかったかのように元通りのすべらかな肌になっている。血の痕はあるが、どこにも傷はない。

「すごい、治っているぞ……。やはりお前は神の子だ……」

アーサーは脇を探り、安堵したような興奮したような声で樹里を抱きしめた。

樹里は頭が真っ白になって、アーサーの腕の中で震えた。そんなはずはない。以前チャーリーを治したのは、ジュリの力のはずだ。ジュリが助けてくれたのかと思ったが、今どこにも少年の姿はない。けれどどうして？　樹里には人を治す力なんてない。それなのに、どうしてアーサーの怪我が治った⁉

喜びよりも畏《おそ》れ、安堵よりも恐怖が樹里を襲った。

何かがおかしい。自分の中で何かが起きている。それが何か分からなくて、樹里は息を呑むしかなかった。


アーサーは立ち上がると自分の脇腹をもう一度検分した。傷が完全に癒えているのを確かめて、アーサーは水場に樹里を誘った。

アーサーはすっかり元通りで、大怪我を負ったのが信じられないほどだ。何故自分がアーサーを治せたのか分からないが、元気に歩く姿を見て、本当によかったと思った。こんな場所でアーサーを死なせてしまったら、きっと自分は立ち直れない。

やっぱり、一刻も早く元の世界に戻らなければ。

この世界に長くいればいるほど、無理が生じる。さっきは助けることができたけれど、今度は助けられないかもしれない。自分はふつうの人間で、ここにいること自体アクシデントなのだ。これ以上ここに留まるのは危険だ。それは善良な人々を裏切り、騙《だま》すことを意味する。

水場で、アーサーは血で汚れた手や身体を清めた。ぼうっとしていると、アーサーが樹里の手を洗ってくれる。アーサーは両手で水をすくい、樹里の顔に近づけた。促されて水を口に含む。もういいと言うと、アーサーが残りを飲み干した。

「携帯食料があるが、食べるか？」

アーサーは腰から下げた小さな麻袋をとって、豆を見せる。そんなところに携帯食料を持っていたなんて知らなかった。少しだけ食べて、休息をとることにする。中央に大きな岩があったので、アーサーと並んで腰かける。

「どうした、大人しくなったな。怪我を治すとお前の身体にも負担がかかると聞いているが……。俺を助けたせいで具合が悪くなったのか？」

アーサーは沈んだ樹里が気がかりなのか、心配そうな声を出す。以前チャーリーを助けた際に、気軽に頼まれないよう三日三晩高熱で寝込んだ振りをしたのだ。落ち込んでいる理由は言えなかったが、謝りたい衝動に駆られ、アーサーを見つめた。

「アーサー、俺……」

俺は本当は神の子じゃないんだ。

そう言ったら、アーサーはどうするだろう。アーサーに理解できるだろうか？　アーサーはきっとすごく怒って、騙していたのかと樹里を詰《なじ》るだろう。でも、もしかしたら樹里の気持ちを分かって、許してくれるかも……。

樹里は悲しくなってきて目を伏せた。

自分に都合のいい展開を思い描くのはやめよう。アーサーは王子で、自分を騙した相手には容赦しない。樹里が自分に刃を向けたら、自分は樹里を殺すだろう、そう口にしたのを覚えている。

(俺はアーサーに理解してもらいたいのかな)

樹里は自分の気持ちを知ろうと、目を伏せた。ランスロットが理解してくれたように、アーサーにも理解してほしいのかもしれない。好きで嘘をついているわけではないと知ってほしい。でも……。

「樹里」

途中で言葉を切った樹里を、アーサーが呼ぶ。顔を上げると、アーサーの手が樹里の頬からこめかみを撫でる。

「俺はお前が好きだ。それは分かっているな?」

アーサーの自信に満ちた青い瞳が、熱く樹里を見つめる。樹里は吸い込まれるようにアーサーの瞳に釘付けになった。鼓動が速まり、吐息が重なるほど近くにアーサーがいることを意識せずにはいられなかった。

アーサーの手がすっと動いて、樹里の太ももを撫でる。先ほどアーサーの傷口を止血するため、衣服を裂いた。縦に引き裂いたせいで片方の足は太ももが露《あらわ》になっている。

「俺を必死に助けようとしてくれたお前を見て……、愛しいと思った。泣かせるつもりはなかったんだが、泣いているお前は俺の胸を打った……」

　アーサーの手がゆっくりと樹里の太ももを撫でる。大きな手が太ももを這うのを見て、樹里は落ち着かなくなった。嫌がらなければならないのに、熱い手で肌をまさぐられると、もっと触れてほしくなる。樹里は自分がありえないことを考えているのに気づき、羞恥《しゅうち》心《しん》を覚えて立ち上がろうとした。

「待て」

　逃げようとした樹里の腕を摑み、アーサーが鋭く制止する。樹里は動けなくなった。

「樹里、こっちを向け」

　顔を背ける樹里の腕を摑んで、アーサーが樹里の耳元に囁いてくる。

　樹里はそろそろとアーサーのほうを向いた。すると驚くほど近くにアーサーの顔があって、鼓動が跳ね上がる。

「樹里、俺はお前を愛しているんだ」

　耳に強烈な愛の言葉が飛び込んできて、樹里はぞくりとした。アーサーはゆっくりと樹里に唇を寄せてきた。逃げようと思えば逃げられるはずなのに、身体中が熱くて動くことができなかった。否、その唇を待ち望んでいたのかもしれない。

　アーサーの唇が樹里の唇に触れる。優しく触れた唇が、一度離れる。次の瞬間には樹里は抱きしめられていて、深く唇が重なってきた。

樹里はアーサーの腕の中で激しい口づけを受けた。

樹里が拒絶しなかったので、アーサーは大胆に身体を抱き寄せ、樹里の唇を吸ってきた。唇が重なり合い、吸われたり、舐《な》められたりする。樹里は自分でも訳が分からないくらい興奮していて、熱い息を吐きながらアーサーにもたれかかった。

アーサーは激しく口づけしつつ、樹里の身体をまさぐる。こんな場所で、と思ったが、二人きりなのもあり抵抗しなかった。アーサーの手は樹里の太ももから股間に滑るように動く。下肢には何も身につけていないので、樹里の性器にすぐ届く。

「……っ、ん……っ」

口内を熱い舌で探られながら、性器を擦られる。あっという間に下肢に火がつき、アーサーの手の中で張り詰めていった。こんな場所での行為に興奮しているのか、身体の変化を止められない。

「樹里……、可愛いな」

アーサーは片方の手で樹里のうなじを摑み、もう片方の手で性器を擦り上げる。樹里は互いの唾液を交換し合う深いキスに翻弄《ほんろう》された。アーサーの舌が歯列や上顎を辿ると、電流のような快感が走る。アーサーの手の中で性器がどんどん反り返っていくのが分かるし、呼吸も荒くなっている。

「か……可愛く、ない……」

樹里がキスに翻弄されつつ文句を言うと、アーサーが色っぽく笑って唇を解放してくれた。可愛いなんて言われたら鬼のように怒っていたのに、どういうわけかアーサーに言われるのはあまり嫌ではない。

「そうか？　食べてしまいたいくらい可愛いぞ」

アーサーが樹里の首筋に顔を埋《うず》めながらからかう。首筋をきつく吸われ、樹里は身をすくませた。アーサーは樹里の性器に手を絡めたまま、耳朶《じだ》や頤《おとがい》の柔らかい部分を吸っていく。しだいに息が苦しくなってきて、樹里はアーサーの胸にすがろうとした。けれど鎖帷子が気になってしまう。

「ちょっと待ってくれ、邪魔だから脱ごう」

アーサーは軽く笑って樹里から身を引いた。アーサーは手早く脛当てや鎖帷子を脱いでいく。全裸になったアーサーは、樹里の手を引き、立たせた。

「な、何……？」

アーサーは樹里の手を、座っていた岩につかせた。腰を突き出すような格好に怯《おび》えると、アーサーの手が樹里の衣服をまくり上げる。

「ちょっ、ちょ……っ」

尻をさらす体勢に、樹里は慌てて身を起こそうとした。それを制するようにアーサーは背中を押さえつけて、樹里の尻を揉みしだく。

「その体勢でいろ。寝転がるには冷たい」

アーサーはそう言うなり、樹里の尻の穴に指を入れた。いきなりだったので樹里がびくっと腰を撥《は》ね上《あ》げると、アーサーがなだめるように腰を支える。乾いた指に樹里はかすかな痛みを覚えた。硬く閉じているそこに、容赦なく指を入れられる。

「……香油を持ってくればよかった。……ん？」

指を動かしつつ、アーサーがいぶかしげな声を漏らす。樹里は恥ずかしくて、腰をもぞもぞさせた。アーサーの指が内部をぐるりと辿り、内壁を探る。ささいな動きにも、びくっとしてしまい、いたたまれなかった。

「アーサー、やっぱ俺……」

こんな場所でするのはやめようと言いかけた瞬間、アーサーが指を引き抜いた。分かってくれたのかと振り返った樹里は、アーサーが指をしげしげと見つめているので羞恥のあまり憤死しそうになった。

「ば……っ、セクハラ……ッ」

樹里が目を剝くのも構わず、アーサーが再び尻に指を入れてくる。アーサーの様子がおかしい。

「お前のここ……、濡れてきた」

アーサーが興奮したように呟く。樹里は意味が分からないまま腰をくねらせた。指はすんなりと奥まで入る。

「濡れてきたって……何だよ、……ん……っ」

アーサーの指の動きに腰をひくつかせ、樹里は聞き返す。

「女みたいに、蜜を出している。分かるか、ほら」

アーサーは上擦った声で、樹里の中に入れる指を増やし、激しく出し入れする。いきなりの動きに痛みを感じると思ったのに、自分の口から甘い声が漏れて樹里は驚いた。

「や……っ、あ……っ、な、何……？　アーサー……ッ」

アーサーは三本の指で、樹里の感じる場所を擦ってくる。身体の芯がどんどん熱くなり、樹里は身悶《みもだ》えた。前は、なかなか広がらなかったのに、今日はすぐに柔らかくなりアーサーの指を受け入れている。しかも、すごく気持ちいい。

「な、に……？　やだ……っ、あっ、あっ、あっ」

樹里は腰をひくひくさせながら、太ももを震わせた。アーサーは指を小刻みに揺らす。

「不思議だ、男のここが濡れるはずはないのだが……。最初は確かに濡れていなかった。樹里、聞こえるか？」

アーサーが意地悪く指を動かす。樹里の耳にもぐちゅぐちゅという濡れた音が聞こえてきた。樹里は頬を朱に染めて息を詰めた。最初はかすかな痛みを感じたはずなのに、今は三本の指を激しく動かされても快楽に囚われるばかりだ。

「これならすぐ入れられそうだ。女みたいに濡れて、俺を待っている」

アーサーは指をぐりぐりとさせて、艶《つや》めいた声で呟く。

樹里は強烈な恐怖を覚えて、アーサーを押しのけて、繋がりを解く。樹里は混乱して涙を浮かべ、よろけながらアーサーから離れた。

アーサーがすかさず樹里を捕らえる。樹里はアーサーの腕を振り払おうとして、揉み合った。突然態度を変えた樹里に、アーサーは驚いている。

「何だ、突然」

アーサーには樹里の気持ちがまったく分からないようで、夢から覚めたみたいな顔をしている。樹里はアーサーの胸を押し返した。苛立ったアーサーが樹里の顎を掴む。

「樹里……嫌だったのか？」

無理やり目を合わせられて、樹里は潤んだ目でアーサーを睨んだ。ようやく樹里の様子がおかしいことに気づいたアーサーが困った顔になる。

身体の変化は、樹里には恐怖でしかなかった。さっき傷を癒したこともそうだが、自分の身体が女性のようになっていると言われ、激しく混乱していた。どういうことなのだろう？　まるで――まるで、予言どおり、自分はこの国の呪いを解く神の子になっているようではないか。そんなはずはない。自分は男で、アーサーに惹《ひ》かれてはいるが、女になれるはずがないのだ。

「何故嫌がる？　お前の身体が熱くなって、俺を受け入れようとしている。見ろ、ここは愛液を出して俺の子種を欲しがっているじゃないか」

アーサーは樹里を抱きしめながら、尻に指を入れてきた。嫌なはずなのに、指を入れられて感じていることが樹里は腹立たしかった。

「こんなはず……ない、嘘だ……、嘘……」

アーサーの腕の中でもがきながら、樹里は必死に言い募った。その言葉を遮るようにアーサーが無理やり口づけてきた。口をふさがれて、奥に入れた指を動かされる。もがくが、大きな身体に抱きしめられてしまうと、奥からじんじんとした甘い電流が生まれるのを避けられない。

「あ……っ、やっ、あ……ぁ……っ、駄目……っ」

唇が離れると、樹里の口から甘い声がこぼれた。ぐちゃぐちゃと奥を弄《まさぐ》られ、ぬるりとした液体が太ももを伝っているのが分かる。全身が熱くて、身体中が敏感になっていた。性器は張りつめて、先走りの汁を出している。前からも後ろからも蜜を垂らし、恥ずかしさで死にたくなる。

「やだ、や……っ、あ……っ、立ってられな……」

はぁはぁと息を荒らげ、樹里は両足をひくつかせた。アーサーが腰を抱え、布越しに樹里の乳首を吸ってきた。甘く歯を立てられ、そこがすでに尖っていたことに気づく。布を押し上げ、乳首が立っている。自分がどうなってしまうのか分からなくて、悲鳴じみた嬌声《きょうせい》を上げた。

「あ……っ、ひ……っ、やぁ……っ、やだ、や……っ」

乳首を舌先で弾かれ、指を激しく出し入れされ、樹里は仰《の》け反《ぞ》って喘《あえ》いだ。呼吸が乱れ、かつて味わったことのない深い快楽に溺れる。アーサーが触れる場所はどこもすべて感じた。

「はぁ……気持ちいいのか？　お前の身体がびくびくしている……」

樹里の乳首を歯で引っ張りながら、アーサーが情欲に濡れた瞳で見据えてくる。ぐちゃぐちゃにされている奥も気持ちいいし、乳首も感じる。身体全体が甘く蕩《とろ》けていて、いつの間にかアーサーにすがりついていた。

「もう我慢できない」

アーサーが指を引き抜き、忘我の境地にいた樹里を地面に這いつくばらせた。乱れた息を散らし、樹里が怯えて身を引こうとすると、アーサーが腰を引き戻す。

「入れるぞ、……く」

アーサーの猛《たけ》った一物が尻の穴に押しつけられたかと思う間もなく、ずぶずぶと引き込まれるように入ってきた。樹里は地面に爪を立て、前のめりになった。アーサーがぐっと性器を押し込んでくる。

「やぁああ……っ」

身体の奥に大きなモノを入れられた衝撃で、樹里は甲高い声を上げた。アーサーは深い場所まで性器を入れると、樹里の腰を摑み、深く息を吐き出す。

「やっぱり前と違う……、お前の中が濡れて絡みついてくる……、すごくいい……」

アーサーは樹里の背中を抱きしめた。樹里ははぁはぁと荒い息をこぼし、腰をひくつかせた。

「お前が俺を愛してくれている証《あかし》ではないのか……？　樹里、俺の子を、身ごもってくれ。お前を妃として迎えたい」

アーサーが樹里の腹を撫でて言う。そんなこと、あるはずがない。自分はこの世界の住人じゃないし、男だし、妊娠するはずが……。樹里は次の瞬間、快楽で頭が真っ白になった。

「ひあ……っ」

樹里が考えるのを阻止するように、アーサーが腰を穿《うが》ってくる。樹里は引っくり返った声を出し、四肢を震わせた。これまでアーサーは最初はゆっくりやってくれたのに、今日は最初から激しく樹里を突き上げてきた。

「やぁ……っ、あ……っ、ひあぁ……っ」

ずんずんと突かれるたび、あまりの気持ちよさに嬌声をこぼした。アーサーの性器で奥を突かれると、じわっとした甘さが身体全体に広がって、たまらなくなる。この快楽には抗えない。脳を痺れさせるような快感に、樹里は何も考えられなくなった。

「樹里、気持ちいいのか……？　そんな甘い声を出して」

アーサーは樹里の乳首を弄りながら、樹里の腰を揺さぶってくる。樹里は自分が射精しているのではないかと思いながら、甘ったるい声を上げ続けた。事実、達していたようで、地面に吐精したものが垂れていた。いつイったのか分からないくらい、ずっと気持ちよくて、アーサーの性器をひくひくと締めつけてしまう。

「あ…っ、あ…っ、あ…っ、き、もちイイ……っ、やだ、や……っ」

樹里は口を開きっぱなしのだらしない顔になってアーサーが与える快楽に溺れていた。やがてアーサーがいっそう激しく奥を突き上げ始めた。

「出す、ぞ……、樹里……っ」

獣じみた声を上げながら、アーサーが性器を埋め込んでくる。アーサーの性器が大きくなったと思う間もなく、熱いものが吐き出された。

「ひあ……っ、あっ、あ……ぁ、あ……っ」

中に射精され、内壁がきゅうきゅうとアーサーの性器に絡みつく。アーサーの性器がどくどく息づき、中で震えているのが気持ちよくて仕方なかった。あふれ出す精液が、繋がっている場所から太ももや尻を濡らす。

「はぁ……っ、はぁ……っ、樹里、もっとお前をくれ……」

アーサーは濡れた声で囁きながら、樹里の身体から性器を引き抜いた。アーサーは樹里の身体を反転させると、手近な岩の上に腰を下ろし、樹里の身体を抱き上げた。奥から熱棒が抜かれても樹里はとろんとして、なすがままだった。アーサーはそんな樹里を自分の腰に跨《また》がらせ、まだ硬い性器を濡れた奥にずぶずぶと埋め込んでいく。

「あっ、あ……っ」

樹里は甘い声を上げて、アーサーに抱きついた。アーサーは樹里の腰を抱え、夢中になったように唇を食《は》む。

「これじゃ足りない……、もっとお前を感じたい……」

アーサーは樹里の唇を吸いながら、次の絶頂に向かうようにゆっくりと腰を動かし始めた。アーサーが動くたびに、繋がった場所から精液があふれ出してくる。濡れた卑猥な音に、樹里の理性が飛んだ。

「孕《はら》むまで、注ぎ込んでやる……。だからもっと甘い声を聞かせろ……」

アーサーは理性を失った樹里の耳元で囁き、乳首を指で弾く。樹里は目尻から涙を流しながら、甲高い声を上げた。

　何時間もつれ合っていたのだろう。精根尽き果てた樹里は眠ってしまったようだった。気づいた時もアーサーの腕の中だった。樹里は向かい合って座る形でアーサーと繋がったまま、アーサーの胸にもたれて寝ていたようだ。身体中力が入らないし、声も嗄《か》れている。樹里が身じろいで離れようとすると、アーサーが気づいて樹里の乳首を引っ張る。

「や……っ、あ……っ、もう……もう許してくれよ……」

樹里の中に入っているアーサーの性器がまだ硬度を保っているのが分かり、樹里は涙目で訴えた。

　今はアーサーが怖かった。樹里の身体だけではなく、心まで変えられてしまう。

「そうだな……ずっと入れっぱなしだったから、ふやけそうだ」

アーサーが笑って、樹里の頬にキスをする。樹里は繋がっているモノを引き抜こうとしたのだが、力が入らなくて、また腰を落としてしまう。するとその動きに感じてしまい、かすれた声がこぼれる。長く交わり続けたせいで、身体のどこを触られても変な声がこぼれそうだった。自分はおかしくなっている――その事実が、ただ恐ろしい。

「樹里……、抜いたら多分、すごいぞ」

からかうようにアーサーに言われ、樹里は目の縁を赤く染めて、下肢に力を込めてなんとか繋がりを解いた。

アーサーの性器がずるりと抜けると、それに伴って、大量の精液があふれ出してくる。その光景はひどく卑猥《ひわい》で、樹里は目を逸らすしかなかった。意地悪くアーサーが樹里の乳首を摘んでくる。際限ない快楽に溺れそうで、樹里はよろけながらアーサーから身を離した。

足ががくがくして歩くのもしんどい。一歩進むだけで倒れそうだ。

「水……」

自由になると咽《のど》の渇きを感じて、樹里はふらふらと水が溜まっている岩の窪みに近づいた。アーサーも気怠《けだる》そうにやってくる。窪みに満たされている水をすくって飲み、樹里は大きく息を吐いた。精液の匂いでむせかえりそうだ。この汚れを取り除きたくて水で清めようとすると、アーサーがそれを止める。

「そのままでいろ」

樹里は強張った顔をアーサーに向けた。

「気持ち悪いから嫌だ」

樹里がアーサーの腕を振り払うと、仕方なさそうにため息をつかれる。アーサーは冷たい水をすくって、樹里の太ももや尻を洗い始める。いいよ、と抗ったが、身体に力が入らなかったのでアーサーに任せることにした。

アーサーの指がはざまを滑るたびに、意識してしまいそうになる。まだ身体は火照っていて、優しく撫でられると息が乱れる。

「お前の肌はきめが細かくて、なめらかだな。ずっと触っていたい……」

アーサーは濡れた手で太ももの内側を辿る。妖《あや》しい動きを見せるアーサーの手を軽くつねった。

アーサーは笑って樹里の太ももに軽いキスをした。

「ありがと……」

汚れを拭《ぬぐ》ってもらい、樹里は小声でアーサーに礼を言った。

アーサーは自分の身づくろいをすませ、樹里の前に背中を向け、乗れと示す。

「背負ってやる。せっかくお前の愛が得られても、ここで餓死じゃつまらんからな。そろそろ出口を探そう」

アーサーに余裕が生まれている。

「一人で歩ける」

樹里はこれ以上みっともない姿をさらしたくなくて、強がった。よろよろしながら先に立って歩きだすと、やれやれとアーサーが呟くのが聞こえた。

円形の部屋に戻ると、アーサーは今度は左から二番目の道を選んだ。てっきり右から順に攻略していくつもりだとばかり思っていた。右の道に仕掛けがあったので用心深くなっているのかもしれない。

左から二番目の道は、細く曲がりくねっていた。松明を落としてしまったので、落ちていた棒切れにかがり火の火をうつした。棒切れが短いので、長時間は保《も》たない。明かりがなくなったら真っ暗闇になるのが心配だ。

「何でこの道を選んだんだ？」

樹里が不安そうに聞くと、アーサーが肩をすくめる。

「意味はない。水場のある道の隣だから、どこかへ通じるのではないかと思っただけだ」

単純な答えが返ってきて、樹里は呆れた。

「適当だな。そもそも右からとか適当に選ぶから、大変な目に遭ったんじゃないか」

弱々しいながらも文句を言うだけの気力が戻ってきて、樹里はアーサーを詰った。するとアーサーが眉根を寄せる。

「あれは適当じゃない。最初の道だって右を選んだだろう。キャメロットで右は神聖なもの、左は不浄なものと言われているじゃないか。女神像だって祭壇の右に配置されている。だから右に行けば悪いものはないはずだと考えた」

アーサーにとくとくと語られ、樹里はびっくりして立ち止まった。いい加減に選んでいるとばかり思っていたが、そうではなかったのか。そういえばガルダから右は神聖なものと言われたような気もする。

「ちょっと忘れてただけだろ、悪かったよ」

樹里は慌ててごまかし、鼻を鳴らした。

少しの間、沈黙が落ちた。樹里は体内に残っている精液が歩くたびに太ももを伝ってくるのが気持ち悪くて仕方ない。身体中からアーサーの匂いがあふれている気がする。この匂いを嗅《か》いでいるとおかしくなりそうだ。つい先ほどまでアーサーに抱かれ、あられもない声を出していたことをまざまざと思い出してしまう。

ふいにアーサーが振り返り、薄暗闇の中、手を差し出してきた。樹里はきょとんとして、差し出された手を凝視した。

「俺、食い物なんて持ってねーぞ……」

樹里がいぶかしげにアーサーを見ると、呆れたように首を振ってアーサーが樹里の手を握る。

「馬鹿、そういうことじゃない。せっかく愛し合ったのに、どうしてお前といるとこう変な感じになるんだろうな。俺はもっとお前と甘いひと時を過ごしたいだけなのに」

アーサーはぶつぶつ言いながら樹里の手を握って歩きだす。そういう意味だったのかと、樹里は居心地の悪さを覚えた。繋いだ手は温かく、樹里を引く力は強く頼もしい。

樹里は黙ってアーサーと歩みを進める。

道なりにそって進んでいくと徐々に勾配《こうばい》がきつくなる。地下から地上へ向かっているような気がした。出口が近いのではないだろうか。どこからか風を感じるし、体感温度も上がっているようだ。

「どうやら出口に辿りついたようだな」

アーサーは光の差す場所を指し、樹里に笑いかけた。突き当たりに日光が差し込んでいる。疲れも忘れて自然と速足になった。

突き当たりまで行くと、開けた場所に出た。階段状になった岩が上の方まで続いているのだが、その先から日光が差し込んでいるのだ。上まで行けば外に出られるようだが、地上までゆうに五メートルはありそうだ。ロープがいくつか垂れ下がっているのは、これを使って登れということだろうか。

「ずいぶん古いものだな。途中で切れたらまずいが……」

アーサーは一本を握って、ぐいぐいと引っ張る。ロープは古く変色していた。だが、これで外に出る以外に方法はない。

「先に行け。落ちたら助けてやる」

アーサーに促されてロープを握った樹里だが、胸騒ぎがしてなかなか一歩を踏み出せなかった。体育の授業でロープを使って壁を登ったことはある。ここの岩肌は二メートルほど登れば少しずつ緩い傾斜になっているから、登るのは難しくはなさそうだ。

けれど樹里は何か大事なことを忘れている気がして、もやもやした。このまま外に出てしまっていいのだろうか？　もちろん外に出られるのは嬉しいが、ただうろうろ歩き回っただけで外に出ていいのだろうか？

（大体ここ何だったんだよ？　変な仕掛けがあって怪我して……。てっきり魔女を倒す方法でもあるのかと思ったのに）

もやもやするのは何の手がかりも得ないままここから離れるせいだ。

「どうした？」

アーサーが早くしろと言いたげに樹里の背中に手をかける。

「アーサー。やっぱ、残りの道も調べない？」

樹里はロープから手を離し、思い切って提案した。アーサーは目を丸くしている。

「ここまできたら、全部見ておこうぜ。せっかくだしさ……」

身体の怠さよりも悔いが残るほうが嫌で、すべて確認したくなった。樹里がなおも言い募ると、アーサーがにやりと笑った。

「お前がその気なら、俺に異存はない。また怪我したとしても、助けてもらえるしな」

もう一度アーサーを助けられる保証はどこにもないが、樹里はアーサーの同意を得て、来た道をアーサーと戻り始める。不思議なことにすべて調べると決めたとたん、心が軽くなった。何故だろう、この地下通路には何かある気がしてならない。大神官が造ったとして、これだけのものを造っておいて何も置いてないのは不自然だ。

ここにアーサーと二人で来たことに何か意味があるのではないだろうか。そんな思いが脳裏を過《よ》ぎり、樹里は顔を引き締めた。

円形の部屋に戻って残りの二本の道を調べたが、徒労に終わった。

右から二番目の道は、崩落していて、先に進めなかった。

一番左の道は、えんえんと歩いた挙げ句、最初の分かれ道に戻ったのだ。

「どうやらここには何もないようだな」

芳《かんば》しくない結果に、さすがにアーサーも疲れを見せた。こんな場所を造っておいて何もないなんて、がっかりを通り越して腹立たしささえ覚える。樹里はアーサーから携帯食の豆をもらって小腹を満たすと、もう帰ろうかと諦めかけた。

「まぁ仕掛けがあそこだけで助かったけどな」

出口に向かって歩きだしたアーサーが思い出したように呟いた。その瞬間、樹里は脳裏に閃《ひらめ》くものがあって、立ち止まった。

「そう、そうだよ！　あそこだけあんな危ない仕掛けがあるなんておかしくねーか⁉」

樹里はアーサーの腕を引っ張って、大声でまくし立てた。アーサーが振り返り、首をかしげる。

「別におかしくはないと思うが……」

「いや、おかしいって！　ダンジョンに宝箱が……もとい、何もないなんて、おかしいんだ。これだけ探してないってことは、あの道が怪しいんだよ！」

樹里は一気にテンションが上がりアーサーに断言した。ゲームのセオリーを言ってもアーサーには通じないだろうから、強引に右の道へ誘導する。アーサーは仕方なさそうについてくる。

「つまり、あの仕掛けの先に何かあると言うのか？」

樹里はうんうんと頷いた。考えてみればあの危険な仕掛けがあったせいで、右の道は途中で引き返した。もう考えられるのは、あそこしかない。

「だが、どうやってあの先に行くつもりだ」

アーサーが怪我を負った場所に着くと、至極当然な質問をされ、樹里は考え込んだ。道の真ん中に開いた穴は、二、三メートルはあって、向こう側にジャンプして渡るのは、かなり危険な賭だった。左の壁からは槍が突き出ていて、道の三分の二をふさいでいる。最初は無理だと思った。何か道具がないと向こう側に行けないからだ。

じっと突き出た槍を見ているうちに、それが規則的に並んでいることに気づいた。並んでいる槍が、まるで階段のように見えてきたのだ。

(よく考えたら、落とし穴だけでいいのに、なんで壁から槍が飛び出るんだ?)

侵入者を拒むためなら、落とし穴だけで十分だ。それなのに、追い打ちをかけるように槍まで飛び出した。そのせいでアーサーが死の危険に見舞われたのだが、妙にひっかかる。

「これに……乗れないかな」

樹里は突き出た槍を摑んだ。槍は太く、けっこう頑丈そうだ。しかも、穴の向こう側まで一定間隔で突き出ている。危険だが、槍を足場にして、向こう側へ行けないだろうか?

「槍の上を? 危険だ、急に引っ込んだり折れたりしたらどうする」

アーサーは難色を示した。確かにいきなり槍が引っ込んだら、それこそ穴に落ちてしまう。

「でも試してみなきゃ分からないじゃん」

樹里は主張し、渋るアーサーを振り切って槍に手をかけた。一本目の槍は樹里の腰の高さに突き出ている。壁に手をかけながら、槍の上によじ登ろうとした。少し手間取っていると、諦《あきら》めたようにアーサーが腰を摑み、持ち上げてくれる。それでどうにか槍の上に立つことができた。

「い、行けっかも」

樹里はぐらつきながらも槍の上を慎重に進んだ。槍は樹里の重みできしんだが、折れたり、引っ込んだりすることはなかった。

「気をつけろよ！」

アーサーはハラハラした様子で樹里を見ている。樹里は答えることもできず、そろそろと槍の上を進んでいった。十本進んだ時点で汗びっしょりになっていたが、これなら行けると確信を持てた。

最後の数本は、大股で移動した。槍が大きくきしみ、体勢がぐらついて穴に落ちそうになりながらも、なんとか渡りきった。

「やった！」

樹里は達成感でいっぱいになってジャンプし、アーサーに笑いかけた。アーサーは安堵したように樹里を見ている。

「アーサーも来られるか？」

樹里が聞くと、試しに体重をかけたアーサーは首を横に振った。

「俺は無理そうだ。折れたらお前が戻ってこられなくなるしな」

断念したようにアーサーが言う。樹里は仕方なく一人で奥を調査することにした。

「危険を感じたらすぐ戻ってくるんだぞ！」

アーサーが大声で言うのを背中で聞きながら、樹里は奥へと向かった。今度は慎重に、一歩一歩確認して歩く。何かあってもアーサーは助けてくれない。

やがて、奇妙な空間に出た。そこには立派な祭壇があった。広さは分かれ道のある円形の部屋くらいで、祭壇には石を彫って造られた女神像が置かれている。四隅にはレリーフが刻まれた大きな柱まである。樹里はきょろきょろしつつ、祭壇を覗き込んだ。特に変わったものはない。

ふと見ると、祭壇の後ろ側に、小さな洞穴《どうけつ》があった。迷わずにそこに入った樹里は、あまりの狭さに這うようにして進んだ。樹里が通るので精一杯だから、アーサーはとても通れそうにない。

モグラの気分で洞穴を進むと、少しずつ光が見えてきた。光はどんどん大きくなっていて、樹里は手を泥だらけにして進んだ。

「……っしょ、と」

鍾乳洞に出た。別の道にもあったが、こちらのほうが広く天井が高い。どこから青い光が差し込んでいて、つらら状の石が連なった天井を美しく輝かせている。樹里は感動して、しばしその美しい光景に見惚《みと》れた。水音がどこからか聞こえるから水場が近いのかもしれない。

その時、小山のように大きく盛り上がった岩の上に、信じられないものを発見した。

「……あ、あれ！」

樹里は岩に飛びつき、必死になってその頂上に這い上った。岩に、剣が突き刺さっているのだ。柄《つか》は灰色で薄汚れているが、樹里にはこの剣の重要性が分かった。

「こ、こ、これいわゆる、エクスカリバーじゃね？　やっべ、やっべ、見つけちゃった！　やっべーっ、マジやっべー!!」

岩に刺さる剣――これこそ伝説の剣に他ならない。あまりの興奮に樹里は大声を上げて万歳した。岩に何か刻まれている。キャメロットの文字なので読めないが、きっとこの剣に関することだ。

樹里はさっそく剣を抜こうとした。

だが、抜けない。

どんなにがんばっても、びくともしない。

しばらくがんばってみたが、うんともすんとも言わない。よく考えてみればエクスカリバーはアーサー王にしか抜けない伝説の剣だ。ランスロットの妖精の剣を樹里が抜けなかったように、エクスカリバーを抜けるはずがない。しかもこの剣、柄を握っているだけですごい痺れがくる。

「クソー、やっぱ駄目だ！　アーサーを呼ばないと！」

樹里は岩山から下りると、急いでアーサーの元に戻ることにした。エクスカリバーを持つのはアーサー王と決まっている。今日この事態も、神の采配に違いない。きっと自分たちはこの剣を得るためにここに来たのだ。

樹里は歓喜のあまり、自分の手が傷ついているのにも気づかず、全力で走った。行きは慎重に渡った道も、帰りはダッシュで行く。やきもきとしていたらしいアーサーの姿が見えると、さらに速度を上げた。

「アーサー！　早くこっちに来いって！　お前に抜いてほしい剣があるんだって！　早く、早く！」

穴の対岸から樹里が一生懸命に手招きすると、アーサーが面食らったように顔を顰《しか》める。

「何を言っているんだ、お前は。抜いてほしい剣？　意味が分からん」

「分かんなくてもいいから、どうにかしてこっちに来てくれよ！　アーサーの剣があるんだってばぁ！」

伝説の剣を見つけて興奮状態だった樹里は、ぴょんぴょん飛び跳ねてアーサーを呼んだ。ところがアーサーは、真面目な顔つきで樹里を見ている。

「樹里、どこか怪我をしたのか？」

アーサーの心配そうな声がして、樹里はきょとんとした。怪我などしていないと自分の身体を見直した樹里は、衣服が血で汚れているのを見て、ぎょっとした。

いつ血がついたのだろうと、自分の手のひらを見た樹里は、悲鳴を上げた。

「あ、あれ？」

「な、何これ……っ」

樹里の両手のひらには、無数の切り傷があって、血だらけだったのだ。ぜんぜん気づかなかった。考えられるのは、あの剣だ。剣の柄に、棘《とげ》か何かがあったのかもしれない。そういえば握っている時に痺れを感じたっけ。樹里は傷口を舐めて、それほど傷口が深くないのを確認した。

「たいした怪我じゃない、それよりこっち、来れない？」

怪我のせいで少し冷静になって、樹里はアーサーを窺《うかが》う。アーサーはもう一度槍に足をかけてみたが、体重をかけたとたん、ぼきりと折れて断念せざるを得なかった。

「危険だから、戻ってこい。そのうち戻れなくなるかもしれないぞ」

どっちみちここを通れても、あの狭い洞穴はアーサーには厳しい。急がなくとも、あそこに伝説の剣があることは分かったのだ。また機を見て、準備をしてから来ればいい。樹里は後ろ髪を引かれる思いで戻ることにした。

樹里は慎重に槍を渡った。

「アーサーのための大事な剣があの奥にあるんだ。岩に刺さってるから、抜いてほしい。絶対、とりに来ような？　あれは絶対絶対、アーサーが持ってなくちゃいけない剣なんだから！」

出口に向かいながら、樹里は両手を忙《せわ》しなく動かして説得した。アーサーはよく分からないと言いたげに、樹里の話を聞いている。

「剣ならたくさん持っている。俺のこの剣は、キャメロット一と言われている刀剣師が鍛えた剣だぞ。大体、何で岩に剣が刺さってるんだ。岩でも割ろうとしたなら、そいつは馬鹿だな。岩を割りたいなら斧《おの》を持ってくるべきだ。それに長年刺さっていた剣なら、きっと錆《さ》びているぞ」

アーサーは見当違いなことばかり言っている。そうじゃないんだといくら樹里が言っても無駄で、あまり乗り気ではないのはよく分かった。

「ともかくまた来る時は、あの穴を越えられるように、準備してこよう。アーサー、興味なくてもあの剣はアーサーの剣だから、必ず抜かなくちゃ駄目だ。もうっ、エクスカリバーはアーサーの剣なんだから！　武器レベルがアップするんだって！　次来た時、行ってくれるよな!?」

ちっとも気持ちが伝わらないアーサーに苛々して、樹里は怒鳴った。分かった分かったとアーサーが面倒そうに答える。アーサーの言質《げんち》をとって、なんとか心を落ち着かせる。

石板には魔女モルガンを倒す方法が刻まれていた、とアーサーは言った。だとすれば、この通路にあったエクスカリバーなら魔女モルガンを倒せるのだろうか？

王子と神の子が子作りする以外にもこの国を救う方法が見つかりそうな予感がして、樹里の胸は高鳴った。

4 神の子

God Child

日に日に気温は下がり、木々の葉や花の色合いが秋めいてきた。

樹里《じゅり》は朝の祈禱《きとう》を終えると、麻のシャツにズボン、編み上げブーツを履き、赤いケープを身にまとった。今日は狩猟祭で、王族や貴族たちの狩りを見守らなければならない。

「ガルダ様、遅いですね」

樹里の支度を手伝いながら、サンが気になったように呟いた。いつもならガルダが朝早くからやってきて、あれこれと作法について述べるのだが、今日はまだ一度も顔を出していない。樹里は足元にすり寄ってきたクロの首に金糸で刺繡《ししゅう》が施された布を巻きつけた。クロも一緒に行くのだが、獣の本能で獲物を追いかけないよう、今日は注意しておかなければならない。

「アーサー王子は樹里様のために、一番大きな獲物を仕留めると張り切っているそうですよ」

サンは藁《わら》で編んだ袋に必要なものを詰めると、からかうように言った。数日前のことを思い出し、樹里は憂鬱《ゆううつ》になってサンから視線を逸らした。

数日前、地下通路で、アーサーと抱き合った記憶が甦ったのだ。地下通路は、神殿の外れにある物置に繋がっていた。古い神具や書物が押し込められた物置だ。人がほとんど寄りつかない場所で、物置には秘密の扉があり、通れるようになっていたのだ。物置は長時間放っておかれたらしく、埃《ほこり》にまみれていた。

「うわっ」

扉から出た後、もう一度扉に手をかけたアーサーが、声を上げて手を引っ込める。

「どうしたんだ？」

樹里がアーサーの手を覗き込むと、アーサーの手にみみずばれのような痕ができている。

「魔法がかけられている……。こちら側からは入れないような仕掛けになっているらしいな」

アーサーは扉をしげしげと眺め、低い声で呟いた。樹里はびっくりして、何の変哲もない木の扉を見つめた。樹里には分からないが、侵入者を拒む仕掛けが施されているようだ。さらに驚いたことに、樹里たちが扉から離れたとたん、扉そのものが消えた。

「どうやらあの女神像からしか入れないようだな……」

アーサーは秘密の出入り口を気にしながらも、神殿の避難通路と考えていたので、同じ神殿内に出たことにも驚いていた。樹里もてっきり神殿の外へ通じる道と思っていた。

神殿の廊下を歩いていると、樹里を捜していたサンと出くわした。身体は泥だらけ、衣服も破れていたので、サンはびっくりしていた。よせばいいのにアーサーがサンに「俺の子を孕《はら》んでいるかもしれないから、体調に気をつけてやってくれ」と余計なことを言うので、ますます混乱させてしまった。樹里はサンの視線を避けるように、早々に部屋に戻った。

一人になると、いろいろな思いがわーっと押し寄せて、激しく動揺した。じりじりと心の中で芽生えてくるのは、大きな葛藤と、自分を責める声だ。アーサーとあんなふうに抱き合って、自分は一体どういうつもりなのだろう。自分のいた世界に帰るつもりが、いっそう抜き差しならない関係に陥《おちい》っている。いきなり樹里の姿が消えたら、アーサーだって驚くし訳が分からなくなるだろう。今の自分はアーサーを弄《もてあそ》んでいるようなものだ。ずっとここにいるつもりなんてないくせに、身体だけ重ねて一時の快楽を追っている。このままじゃまずい、このままじゃますますどうすればいいか分からなくなる。

別れ際に、しばらく地下通路について秘密にしておくことをアーサーとは決めた。内密に探ろうと言うアーサーに樹里が賛成した形だ。

アーサーの怪我を治せた理由は未《いま》だに分からないが、もしかするとマーリンがアーサーに何か魔法でもかけていたのかもしれない。そうでなければ偽物の自分があんな真似できるはずがないのだ。

狩猟祭の夜に、再びアーサーと地下通路へ行く約束をした。もう道は覚えたから、前回より早くあの場所へ行けるだろう。そうしてエクスカリバーをアーサーが手に入れたら、ランスロットに頼んで、ひそかにラフラン湖へ連れていってもらおう。ずるずると長引けば長引くほど、深みにはまってしまう。自分は偽物なのだから、早く消えるべきなのだ。

（別れを言えないのは気が咎《とが》めるけど……）

樹里はちらりとサンを見た。サンとは最初のうちは喧嘩《けんか》ばかりしていたが、今ではすっかり仲良くなり、信頼関係ができた。そのサンに何も言わずに行くのはつらいが、サンに話したら絶対にガルダにも知られてしまうので言うわけにはいかないのだ。

「その怪我《けが》、まだ治りませんね」

支度を終えたサンが、いかにも痛そうな顔をして樹里の手元を見つめた。

伝説の剣を抜こうとした際に負った傷は、まだ治っていない。時々血が滲《にじ》んでくるのが気になっていた。いつもならこれくらいの擦り傷、すぐに治るのに。今日は仕方ないので薬草を手に貼りつけ、その上に革の手袋をしている。どうせ狩りには参加しないのだから、これでいいだろう。

「樹里様、ガルダ様が来ました」

開いていたドアからランスロットが顔を出し、声をかけてきた。樹里は軽く頷いてランスロットから目を逸らした。アーサーと抱き合ってから、どうしてもランスロットの顔を見られない。後ろめたいというか申し訳ないというか、とても複雑だ。ランスロットには明日ひそかに馬の用意を頼んでいる。どこへ行くかは言ってないが、樹里の顔つきと態度から、ランスロットは何か察したようだった。

「遅くなって申し訳ありません」

ガルダが疲れた顔で部屋に入ってきた。

「どうかしたのか？」

問いかけると、ガルダはため息を吐いてうなじの辺りを掻く。

「はぁ……。実はジュリ様の棺《ひつぎ》がある部屋の結界が弱くなっているのです。またマーリンが結界を破ろうとしているのかもしれません。本当は狩猟祭に出ている場合ではないのですが……」

ガルダは物憂げに説明する。本物の神の子であるジュリの棺《ひつぎ》がある部屋は、ガルダが魔法で誰も入れないようにしている。以前もマーリンがそれを破ろうとしたことがあり、神経質になっているようだ。ジュリの遺体は、半年以上経っても腐ることなく、まるでただ眠っているみたいに綺麗だ。ジュリの遺体が白日のもとにさらされたら、大変な騒ぎになるだろう。ガルダだけではなく、樹里も絶体絶命だ。

「え、欠席できないの？」

樹里も心配になって聞いたが、神官長という立場なので参加は必須らしい。とりあえず数時間参加して、先に神殿に戻ることに決めたらしい。

「では、そろそろ参りましょうか」

神殿の出入り口にはベイリンや他の神兵も待機していた。大神官は具合が悪くて参加しないらしい。ユーサー王が嫌いなので仮病かもしれない。狩りなので馬は各自一頭連れていくのだが、樹里はガルダの馬に乗せてもらうので身軽だ。ベイリンや他の神兵も馬を引き連れているが、やはりランスロットの愛馬が一番気高く雄々しい。クロがいても微動だにしない。他の馬は怯《おび》えて大変なのに。

樹里たち神殿の一行が王宮へ向かうと、すでに用意万端といった様子で、アーサーたちが待ち構えていた。

「樹里、今日はお前に美味い肉を食わせてやる」

アーサーは純白の愛馬に乗って樹里の前にやってくる。まさに白馬の王子様というやつだ。ひらりと馬から降りると、耳打ちするように顔を寄せた。

「ロープを女神像の傍に置いておくよう手配した。今夜、必要だろうと思ってな」

樹里は小さく頷き、アーサーから離れた。モルドレッドが貼りついたような笑顔でやってきたので、アーサーと口論になったら困ると思ったのだ。

「樹里殿、今日もお美しい。狩りで、私が一番大きな獲物を仕留めたら、勝利の口づけを下さいますか」

アーサーの前に立ちはだかり、モルドレッドは樹里の手を握ってくる。口づけなんてまっぴらごめんだと思ったが、顔には出さず、適当な微笑みを浮かべる。

「樹里様」

アーサーやモルドレッドと挨拶を交わした後、貴族の子弟に挨拶をしていると、後ろに立っていたガルダがそっと耳打ちして人垣の奥を目で示した。従者にまぎれてマーリンがいる。狩りにはマーリンも参加するのか。

「ランスロット、くれぐれも樹里様を頼みますよ」

ガルダは神経質にランスロットに命じる。ランスロットは頼もしげに頷き、常に周囲を警戒している。樹里に妙な真似をする輩《やから》がいたら、ランスロットが盾となるつもりだ。

「王のおなりです」

従者の声がして、ユーサー王が馬に乗って現れた。ユーサー王は狩りが大好きなのだそうだ。今日も自ら弓や剣を振るい、獲物を仕留めると豪語している。

「では狩場に参りましょう」

王を守る騎士たちが号令をかけ、移動となった。狩場は城から馬を三十分ほど走らせた場所にある草原だ。水場があるので四本足の獣がよく集まるそうだ。この世界の獣は樹里のいた世界とよく似ているが、独自の生物もいる。硬いうろこで覆われた竜がいきなり現れた時は本当に驚いた。

狩場につくなり騎士や貴族の子弟が四方に馬を走らせるのを見て、樹里は用意された天幕に入った。彼らが狩りをする間、樹里はここで待つ。長丁場になるのか、神兵がさっそく石を積み上げ臨時のかまどを造って湯を沸かす。ベイリンは狩りに参加したいのか、同行した神兵たちに自分の狩りの腕がいかに優れているかを語っているのが布越しに聞こえてきた。

「マーリンはどこにいる？」

樹里は用意された椅子に腰かけ、小声でガルダに聞いた。

「アーサー王子と一緒に西の方角に馬を走らせていました」

ガルダはしきりに腕をさすりながら呟く。サンはクロの前に水の入った器を置き、不安そうにガルダを見た。クロは長い舌で水を舐《な》めている。

「何か仕掛けてくるとお思いですか？　今日のガルダ様は何だか変ですよ」

サンはピリピリした様子のガルダに眉を寄せる。

「どうも先ほどから胸騒ぎが……」

ガルダは自分でもよく分からないようだった。ちらりと天幕の入り口に目を向け、樹里に言う。

「不穏な気配を感じたらすぐに知らせるようランスロット卿には頼んでおきました。ランスロット卿がいれば、何が起きてもまず大丈夫でしょう。今日の行程としましては経過報告合図の銅鑼《どら》が鳴ると、狩りの最中の者もここに戻ってくるしきたりです。互いの状況を発表し、途中経過を記録します。神の子はその場にいなければなりません。ここは草原で、身を隠す場所が非常に少ないので、くれぐれも気をつけて下さい」

ガルダがくどくど言うのに、樹里は黙って頷いた。

正直に言えば、今のこの状況よりも、夜更けにアーサーと再び地下通路を辿ることや、明日湖から自分のいる世界に戻るほうが樹里にとっては重要だった。昨夜ひそかに必要なものを麻袋に詰めておいた。切られたリュックは置いていきたいが、ナイロン素材だしミシンで縫ってあるので下手に捨てられない。それにボロボロになったが一応父の形見なので、捨てにくくもある。あと問題はクロが元の姿に戻らないということだが……。

(お前、こっちに残るつもりか?)

足元に伏せているクロを見下ろした。ラフラン湖から帰れるかもしれないと分かって以来、毎夜言い聞かせているのだが、クロは一向に猫に戻ってくれないのだ。クロが神獣と化した時、樹里は命の危険があったので、元に戻るのにも何かきっかけが必要なのかもしれない。

あれこれと考えていたら、一時間はあっという間だった。

銅鑼の音がしたので樹里は立ち上がり、天幕から出た。

最初に戻ってきたのはアーサーだった。マーリンと共に馬を走らせ、馬の背にくくりつけた獲物を自慢げに見せる。狩りの獲物を初めて見る樹里は、殺された鳥や獣にうっと顔を強張らせた。これからそれを食べるのかと思うと生々しさに一気に食欲が失せた。考えてみれば肉や魚は店で売られているものしか知らない。

続いて貴族の子弟が数羽の鳥を、騎士たちが鹿みたいな獣を運んでくる。遅れてユーサー王がイノシシによく似た獣を従者に運ばせ戻ってきた。

最後に戻ってきたのはモルドレッドだった。モルドレッドは従者と共に、大きな鳥を運んでくる。騎士たちから「おお……」という歓声が上がったので、すごいことらしい。

記録係がそれぞれの獲物を検分し、現時点での鳥部門での一位、獣部門での一位を決める。歓声が示した通り、鳥部門ではモルドレッドの獲物が一番大きいようだ。モルドレッドは得意の弓矢を振り回し、興奮して樹里の元にやってくる。

「樹里殿、見て下さいましたか。今日は私の獲物が一番ですよ。この大きさを超える鳥はなかなかいないでしょう」

モルドレッドが紅潮した顔で自慢げに言う。アーサーが悔しげにしているのが視界の隅に映った。

休憩の後、再び男たちが狩りに出かける——はずだった。

並んだ獲物をぼんやり眺めていた樹里は、ふっと視界に影が差して空を見上げた。雲が太陽を覆っている。まるでタイミングを見計らったように、傍にいたクロが身体中の毛を逆立てて、胴震いするような低い声で吠《ほ》え始《はじ》めた。

「な、何だ？」

クロの雄叫《おたけ》びに近くにいた騎士や貴族の子弟も驚いたが、一番驚いたのは繋がれていた馬たちだった。前脚を上げ、暴れていななき始める。

周囲がざわついて緊張が走った瞬間、彼は現れた。

雲の切れ間から光が差し込み、樹里の背後を照らした。何かの気配を感じて振り返った樹里は、その姿を見たとたん、心臓が止まりそうになった。

「な……っ」

樹里に続いてその姿を確認した者たちが、驚愕《きょうがく》の声を上げ始める。

ありえない、まさかこんな――。

樹里は真っ青になってガルダを振り返った。ガルダも知らなかったのだろう、凍りついた表情で彼を凝視している。

光の中を、ゆっくりと歩いてくる少年がいた。白い衣装を身にまとい、気高さが伝わってくるような神々しさがあった。

目の前に、ジュリがいた。

死んだはずの少年が、目を開け、しっかりした足どりでこちらに向かって歩いてくるのだ。神の子である樹里と同じ顔、同じ背格好の少年が突如現れ、場は騒然となった。

「なんと、これは一体――どういうことだ⁉」

激しい怒鳴り声を上げたのは、ユーサー王だった。そっくりな二人の神の子に、大声で詰問し

てくる。樹里はとっさにマーリンの仕業かと思った。もう一人の神の子をこの場に呼ぶことで樹里をピンチに追いやったのかと思ったのだ。けれどマーリンの顔を見た樹里は、それは違うとすぐに分かった。マーリンも真っ青になり、この事態に驚愕していたからだ。

「樹里……、こいつは……、何故神の子が……っ」

アーサーは見たことのないような動揺を見せ、近づいてくるジュリと樹里を見比べた。樹里はどうしていいか分からずガルダに助けを求めた。ガルダは凍りついたようになり、息をすることさえ忘れているように見えた。

「こ、これは……これは面妖な……」

モルドレッドも絶句して樹里とジュリを凝視する。

「ユーサー王、ならびにアーサー王子、モルドレッド王子、貴族の方々……」

ジュリは樹里の目の前に来ると、静かに口を開いた。鈴を転がすような美しい声、涼やかな顔、しなやかな髪、どれをとっても自分と同じであり、そのくせ自分とはまったく違う存在だった。ジュリは生まれながらに特別な存在であり、樹里とは比べるべくもない。その証拠に、ジュリがしゃべり出したとたん、誰もがジュリに注目している。

「私は神の子ジュリ。わけあってこれまで姿を見せることが叶いませんでした。その間に、私の偽物がユーサー王を謀《たばか》ったようです」

ジュリは澄んだ瞳でユーサー王に告げると、細く白い手を樹里のほうに伸ばした。ジュリの瞳はまっすぐに樹里を射貫《いぬ》く。その瞳を見たとたん、声が出なくなって、樹里はギョッとした。

「私が本物の神の子である証拠をお見せしましょう。神獣よ、我の元に戻れ」

ジュリがそう囁《ささや》いたとたん、クロの両目が赤く変わった。クロは何かに惹《ひ》かれるように、ふらふらとジュリに向かって歩きだす。そしてジュリの足元に頭《こうべ》を垂れたのだ。

「な、なんと……」

騎士たちがざわつく。ジュリは続いてガルダに目を向けた。

「神官長ガルダ、どちらが本物の神の子か、示しなさい」

ジュリに名指しされ、樹里の隣に立っていたガルダが身震いした。頼むから助けてくれ、と声を出せない樹里は心の中で叫んだ。ガルダに見捨てられたら、樹里はおしまいだ。ガルダに頼まれて偽の神の子をやっていたのだから、何とか助けてくれるはずだと思った。

「そ、……れは」

ガルダは引《ひ》き攣《つ》れた声を漏らし、躊躇《ちゅうちょ》した末、ジュリに向かって歩きだした。ガルダが離れていくのを見ながら、樹里は死にも近い絶望を感じていた。神の子を騙《かた》ったとばれたら、死刑は免《まぬか》れないだろう。嘘だ、そんな馬鹿な、何でこんなことに、と頭の中がいっぱいになる。

「ガルダよ、どちらが本物の神の子なのだ⁉」

ユーサー王が怒号を叩きつけた。

ガルダはジュリの傍らに立ち、苦しげに死の宣告を告げた。

「この方が……本物の神の子です」

ガルダの宣言は樹里の心臓を貫き、絶望の淵に追いやった。樹里が身動きできずにいると、アーサーがガルダに向かって駆け寄り、厳しい声で詰問する。

「本気で言ってるのか⁉　彼が神の子じゃないというなら、今までの出来事は一体なんだというのだ……っ⁉」

アーサーは全身を大きくわななかせて、ガルダの胸ぐらを掴み上げる。ガルダは固く唇を噛みしめた。

「も、申し訳ありません……、彼は」

「ユーサー王よ」

ガルダが釈明するのを遮るように、ジュリが一歩前に進み出た。ジュリは不吉なほど赤い唇で、樹里をよりいっそう深い奈落の底に落とした。

「偽物を捕らえて下さい。王と王家の方とキャメロットの国民を謀った罪人として」

ジュリの鋭い声に、樹里は逃げなければならないことを悟った。だがその前にユーサー王が手をかざし、周囲にいた騎士に命じる。

「その者を捕らえよ。牢《ろう》に入れるのだ！」

ユーサー王の声に弾かれたように騎士たちが動き、逃げようとした樹里を囲む。

「樹里様！」

ランスロットの声と、サンの「わぁあああ……」という悲鳴に似た声、その後に「樹里！」と叫ぶアーサーの声が聞こえた。

樹里は騎士たちによって押さえつけられ、縄で縛り上げられた。手足まできつく締め上げられ呼吸するのさえままならないほどだった。

樹里は目の前が真っ暗になった。クロはまるで見たことのない獣のような目で樹里を見ていた。

最悪のことが起きてしまった――。

樹里は罪人のように引きずられ、どうしていいか分からず呆然とするばかりだった。


樹里は王宮の地下牢に入れられた。

中島《なかじま》が入れられていた、暗く不衛生な狭い石牢だ。これまでの丁重な扱いとは百八十度違う、乱暴な扱いで押し込まれた。手足を縛った縄さえ解いてくれない。藁の上に寝転がったまま、樹里は絶望感に打ちひしがれていた。

石牢は寒く、全身に寒さが忍び寄ってくる。小さな窓すらなくて、石牢の外に置かれた松明《たいまつ》の明かりが唯一の光源だ。

樹里は寒さから身を守る術《すべ》もなく、唇を噛みしめた。

とんでもないことになった。こんなはずじゃなかった――まさかジュリが息を吹き返し、樹里を偽物と断罪するとは。樹里が偽物として身代わりを務めていたことをジュリは知らないのだろう。だからこんなひどい真似を？　クロはどうして自分ではなく彼に従ったのだろう、ここからどうやって抜け出せばいいのだろう――。

マーリンに殺される可能性は考えていたが、ジュリから罪人と名指しされるとは露ほども考えなかった。

この後自分はどうなるのだろう？　ガルダは助けてくれるだろうか？　キャメロットの国民を騙《だま》したのは事実だが、自分にはそうしなければならない理由があった。それでもこんな役を引き受けるべきではなかったのだと激しい後悔に苛《さいな》まれた。

きっと助けが来る、これは何かの間違いだ。

そう信じることで壊れそうな心を必死に保った。

牢に入れられてから数時間経ったが、水一滴すら与えられない。縛られた腕が痛くて涙が滲《にじ》む。どうにか解けないかともがいたが、縄はきつく食い込むばかりだ。むろん食事が出てくる気配はなかった。咽《のど》が渇いて息苦しささえ感じる。

どれほど経った頃だろうか。辺りが騒がしくなり、樹里は顔を上げた。牢番を下がらせる声と、荒々しい足音――。

牢の格子越しにアーサーが立っていた。アーサーは全身から怒りのオーラを放ち、目を合わすことさえひどく困難だった。アーサーの手が格子を摑み、縛られて転がっている樹里を見据える。

「樹里、一体どういうことなんだ⁉　お前は本当に偽物なのか⁉　俺にはさっぱり分からない、お前は俺を騙していたのか⁉」

アーサーは怒りに任せ、格子を激しく叩いた。樹里はその音にびくっと震え、息を吞んだ。騙していたのかと問われれば、騙していたと言うほかない。樹里は何か言おうとして、けれど言えなくて涙を流した。

　アーサーを騙し、国民を騙していた以上、こうなる日がくることは想像できたはずなのに。今まで決断できなかった自分のあやまちが招いた罪だ。アーサーは樹里を信じていたから、裏切られたと思っている。

「アーサー……、俺は……」

　樹里は険しいアーサーの顔を見上げた。アーサーは歯を食いしばり、格子に拳を打ちつける。

「……お前に対して……、何度か疑惑を持ったことがあった」

　アーサーが絞り出すように呟く。鼓動が跳ね上がった。

「地下通路でも、そうだ。お前はこの国の文字を読めず、当たり前の慣わしも知らなかった……。だが、お前を信じていた……お前が俺を騙しているなどと思いもしなかった……。何故だ⁉　何故こんな真似をした！　父王はことのほかお怒りで、三日後に国民の前で斬首刑にすると言っている……っ、何故こんなことをしたのか理由を言ってくれ！　父王に恩赦を願うには、お前がこんなことをした理由が必要だ！」

　樹里はアーサーを見上げた。今こそ本当の話をするべきだと思った。

「アーサー、俺はこの世界の人間じゃないんだ。俺は別の世界の人間で……」

　涙ながらに樹里が言うのを遮るように、アーサーが再び格子を叩く。

「そんな世迷い言は聞きたくない！　何故この期《ご》に及んで、そんな訳の分からないことを言いだす⁉　俺は、お前を助けたいんだ、分からないのか⁉」

アーサーに否定されても、樹里はどうにか分かってもらおうと、必死に言い募った。

「嘘じゃない！　俺はガルダに呼ばれてこの世界に来てしまっただけで――」

「樹里！」

アーサーの声と樹里の声がぶつかる。

樹里はアーサーに助けを請おうと、不自由な腕でもがいた。

「アーサー、俺は……俺は本当にこの世界の人間じゃないんだ。元の世界に帰るから、ここから出してくれ……、頼むよ、俺は神の子になりたくてなったわけじゃないんだ……」

声はかすれ、上手くしゃべることができなかった。それでもここで見捨てられたら終わりだという思いがあって、懸命だった。

「ガルダに聞けば分かる……、ガルダは本当のことを知ってるんだ……、アーサー、俺を助けてくれ……」

樹里が必死に訴えると、アーサーはぎり、と歯ぎしりした。アーサーの顔が大きく歪む。

「まだそんなことを言うのか……俺は……、俺は本当にお前を愛していたのに」

アーサーはやるせない息を吐き、持っていた水筒を格子《こうし》の隙間から放り投げる。

「ガルダはお前が斬首刑になるのは仕方ないと言っていた。ガルダも騙されていたと……神の子そっくりで分からなかったと謝罪した。お前がどこから来たのか、素性は知らないと言っていた」

ガルダが、樹里が斬首刑になるのは仕方ないと……言っている？

ガルダはやはり魔女の子なのだ。マーリンが言った通り、信頼するに値しない相手だったのだ。樹里は目の前が真っ暗になった。自分をこの世界に呼び寄せた張本人なのに、本物の神の子が復活したとたん、樹里を見捨てた。

何が起こっているのだろう。

「樹里、俺はたとえ偽物でもお前を死なせたくない。……だが父王の命令を止めるのは至難の業だ。民は混乱している。神兵たちも」

アーサーは切なげにまつ毛を震わせ、じっと樹里を見つめる。

けれど樹里は、アーサーの言葉がまるで他人事《ひとごと》のようにしか聞こえず、心が空虚になった。

「あの地下通路で俺を助けてくれた力は何だったのだ……？　お前は本当に神の子ではないのか……？」

アーサーは低くかすれた声で呟き、瞳を閉じた。

樹里は無言になって、床を見つめた。

この状況で、ここから抜け出る手段を一つだけ見つけた。それは恐ろしくおぞましい方法だ。

——自分こそが、本物の神の子だ。

そう主張するのだ。それしかここから抜け出る方法はない。嘘に嘘をかさねるやり方だが、ともかくここを出ないことには殺されてしまう。どんな方法でもいい、ここから出て、ラフラン湖へ行かなければならない。

（でも俺は……）

樹里はぐっと唇を嚙みしめ、アーサーを強く見つめた。アーサーの青い瞳が樹里を見つめ返す。これ以上アーサーに嘘をつくのが嫌だった。その場しのぎの嘘をついて逃げ帰るような真似はしたくなかった。

アーサーに真実を話してもきっと理解してもらえないだろうとずっと思っていた。事実、アーサーに樹里の話は届かなかった。アーサーが望んでいるのは金がなくて嘘をついたとか、頼まれて代わりをしていたとか、分かりやすい答えだ。

だが、もう嘘はつきたくなかった。樹里の中に嘘をつくことに対する強烈な拒否感があって、どうしても言葉が口から出てこなかった。

「——王子、ユーサー王がお呼びです」

格子越しに見つめ合っていた樹里たちを引き裂くように、牢番がアーサーに伝えた。アーサーは去り際にもう一度樹里を強く見据えると去っていった。

樹里は藁に頭を擦りつけた。

三日後に国民の前で斬首刑——。

時間がない。それまでにどうにかして牢を抜け出さなければならない。

だがどうやって？　頼りになるはずのガルダには裏切られ、クロさえ去っていった。ガルダが裏切った以上、従者であるサンの助けを望むのは無理だろう。ランスロットは王に忠誠を誓った身だから、樹里を救うことは反逆を意味する。

（……俺、ここで死ぬのかな……）

平和な日本で暮らしていた樹里にとって、その想像は恐ろしいものだった。これは何かの間違いだ、悪夢だと現実逃避し、樹里は牢の隅でじっと息を殺していた。

5 悪魔の子

Devil Child

石牢は凍えるほど寒く、樹里《じゅり》は一睡もできないまま夜を過ごした。牢の外でどうなっているのか、誰も教えてくれないので何も分からなかった。牢番たちも嘲るような目で樹里を見るばかりだ。

アーサーのくれた水筒はあるものの、手足を縛られた状態では水さえ飲めない。空腹と喉《のど》の渇きに苦しめられながら樹里は冷たい牢に横たわり、ただひたすら来るはずもない助けを待つという状態になった。

しだいに時間の感覚がなくなり、無限にこの閉塞された時が続くような気がした。気力はどんどん失われ、希望よりも絶望のほうが勝っていく。それでもガルダがジュリに事情を話し、樹里に対する恩赦を与えるよう進言してくれないかと、願い続けていた。樹里に騙《だま》されていたと言ったのは、おそらく保身のためだろう。樹里と一緒に牢に入れられては困るからに違いない。だからきっと樹里を助けるために動いてくれている。ジュリに王に恩赦を与えてもらうよう頼んでくれる、はず、だ……。

自分が助かるために、もっとも可能性のある展開はそれしかなかった。そもそも樹里はジュリのために身代わりをしていたのに、何故当人に窮地に追いやられるのか納得がいかなかった。自分だって身代わりになりたくてなったわけではない。そう叫びたくてたまらなかった。

牢に入れられて長い時間が過ぎた頃、ふと何かの気配を感じた。足音はしないのだが、鳥肌が立つような怖気《おぞけ》とともに、何かが近づいてくるのが分かった。樹里は重い身体を動かした。

いつの間にか、牢番の声も物音もしなくなっていた。静かすぎる。牢番は交代制で昼夜を問わず牢を見張っているはずだ。それなのに、その牢番の気配が消えたのだ。

しんと静まり返った中、それは突然現れた。目の前に白い影が揺れるのが見えた。錯覚かと目を凝《こ》らした樹里は、それが白い衣をなびかせて近づいてきた少年だと分かった。

ジュリが、足音もたてず、樹里のいる牢に近づいてくる。

樹里は脅威を感じながら、ジュリを凝視した。牢の温度がさらに下がったように感じられた。ジュリから冷気が漂ってくるのだ。ジュリは助けに来てくれたのだろうか？　ガルダから事情を聞き、樹里をここから出してくれるのだろうか？

「……今までご苦労だった、樹里。マーリンの呪術は思いのほか強力で、蘇生するのにずいぶん時間がかかってしまった」

格子の前に立ったジュリは、かすかな笑みを浮かべて囁《ささや》いた。樹里はどういう顔をしていいか分からず、牢番がいるほうに視線を向けた。

「牢番は寝ている。君と会うのを邪魔されたくなかったから」

ジュリは瞬《まばた》き一つせず、じっと樹里を見下ろして言った。寝ているというが、一服盛ったのだろうか？　ガルダは眠り薬の調合ができる。以前それを使って、樹里もここの牢番を眠らせたことがあった。――樹里は自分を見下ろすジュリの目を見て、ひどくゾッとした。違う、彼に眠り薬なんて必要ない。何かもっと別の強い力をこの少年は持っている。

「ジュリ、俺はお前の身代わりをさせられて……」

自分の状況を理解してもらおうと口を開いたものの、ジュリの気の触れたような甲高い笑い声に、黙り込んだ。

「アーサー王子と寝たよ」

ジュリは赤い唇の端を吊り上げて、告げる。

樹里は顔を強張らせた。今、何と言った？

「神の子として、務めを果たした。彼は君に騙されていたと知って、ひどく怒り狂っていてね。僕を荒々しく情熱的に抱いた。彼の身体を何度も味わった君ならそれがどういうことか分かるだろう？　もう許してくれと何度も言っても、聞いてくれなくて――」

「嘘だ！」

樹里はカッとなって、大声で怒鳴った。からからの口から、怒りのあまり怒鳴り声が迸《ほとばし》ったのだ。アーサーが、ジュリと寝た？　いくらアーサーだって、昨夜のうちにそんなことをするはずがない。……でも本当に？　ジュリの言う通り、アーサーは怒り狂っていた。樹里への怒りから目の前の少年を抱くのはありえないことではない。そもそもアーサーの本当の相手は目の前の少年だったのだから。

アーサーがジュリを抱いたという事実は、身を切られるようにつらかった。どろどろした醜い感情が腹の底に湧いてくる。信じたくない、嘘だと思いたい。樹里は混乱しながらも、ジュリを睨《にら》みつけた。

「ふふ……ははは、はは！　傷ついた顔をして！　たまらないなぁ、君は。自分と同じ顔なのに、どうしてだろう。もっともっと傷つけたくてたまらなくなる」

格子に手をかけ、ジュリが狂気じみた笑い声を地下牢に響かせた。樹里は息を詰めた。先ほどゾッとしたのは気のせいじゃなかった。目の前にいるのは、礼儀正しく温厚で優しいとサンやガルダから聞かされた神の子ではない。もっと悪魔的な――。

「もう代理はいらない」

ぴたりと笑いを止めると、ジュリは冷たい眼差しで樹里を見据えた。

「今までご苦労だったね、樹里。ああ、勘違いしないでくれ。僕は君を殺すつもりなんて毛頭ないんだよ」

ジュリは軽やかな声で、樹里を絶望の淵に追いやった。ジュリは、何もかも分かってこうしているのだ。樹里がジュリの身代わりを務めていたことや、違う世界から来たこと、すべてジュリは理解している。

「君が首を斬られる前に、僕が王に恩赦を願い出よう。でもユーサー王がそれを許すはずがない。だから僕はキャメロットの民の前で奇跡を起こすよ。奇跡の力で君を救い、民の賞賛を得る。そして僕は君を憐《あわ》れみ、神殿で働けるよう手配するんだ。もちろん、本当に働いてもらうわけではない。君は僕の棺《ひつぎ》があった小部屋で一生過ごすんだ。君は僕の大事な……だからね」

途中聞き取れない言葉があったが、それどころじゃなかった。小部屋で一生を過ごす？　自分を監禁する？　頭が追いつかなくて、樹里は何度も口を開いたり閉じたりした。

「お前……やっぱり魔女の子なのか……」

樹里はかすれた声で尋ねた。目の前の少年は薄く笑い、格子から身を離した。そのまま地下牢から出ていこうとするので、慌てて叫ぶ。

「待てよ！　お前は一体何をするつもりなんだ……っ⁉　この国を……っ、アーサーをどうするつもりなんだよ‼」

樹里は悲痛な声を上げた。樹里にも、分かった。マーリンが視《み》た未来でアーサーを殺すのは間違いなくこの少年だ。棺の中で横たわっていたジュリを見た時は分からなかったが、動き回るジュリからは、優しさというものが微塵《みじん》も感じられない。

樹里の言葉は虚しく地下牢にこだまし、去っていく足音を止めることはできなかった。


やがて牢番たちは何事もなかったように会話を始めた。彼らは空白の時間に気づいてすらいなかった。

ジュリの狂気が、じわじわと樹里を苦しめた。ジュリは自分を殺す気はないと言ったが、神殿に監禁されるのもごめんだった。それにアーサーや王家の人間、ひいてはこのキャメロットという国にジュリが何をするのか考えると気が気ではない。

ジュリはアーサーと寝たと言った。

想像するだけで頭に血が上り、冷静ではいられなくなる。アーサーは樹里にひどく怒っていたし、本物の神の子が現れたのだから抱き合っても不思議ではない。そう思う一方で、荒れ狂う心を持て余した。アーサーが憎くて、ジュリがおぞましくて、嫌なのに二人が裸で抱き合っているシーンが脳裏に浮かび、吐き気がする。自分はずっとアーサーを騙していたのだから、こうなっても文句は言えないのに。

ジュリが恐ろしくて仕方なかった。

ジュリは魔女の子で、以前マーリンが言っていたように、このキャメロット王国をモルガンのものにするために動き始めた。ジュリはアーサーを自分の虜《とりこ》にして、どうするつもりだろう？マーリンは時渡りの術を使って、神の子がアーサーを殺す未来を視ている。その時アーサーは王妃を迎えており、ユーサー王は亡くなっていたという。ということは、まだ先の話だ。ジュリはこれからどう動くにしろ、それが決していいことではないことだけは想像できた。

止めなければいけないと痛切に感じた。

自分と同じ顔をした邪悪な心を持つ少年、ジュリ。彼を止めなければいけない。それは彼の身代わりをしてしまった自分の義務だ。

（刑を執行されるわけにはいかない）

ジュリに民の前で奇跡の力を使わせてはいけない。本当は恐ろしい少年なのに、慈悲深い愛にあふれた存在と思わせてはいけない。

だがそのためにはどうすればいいのか、樹里には思いつかなかった。両手両足は拘束されたまだし、常に牢番がいる。どうすればこの牢から抜け出せるのだろう。

樹里はかすれた声で牢番を呼んだ。アーサーかランスロットを呼んでもらおうと思ったのだ。誰かにジュリがどれだけ危険な存在か、知らせなければならない。このままではこの国が危険だ。

「誰か、誰か来てくれ！」

「誰か！」

樹里の声は虚しく響き渡った。少し離れた場所から牢番たちの笑い声が聞こえてくる。樹里の声が聞こえていないわけはなかった。それでも彼らが来ることはなかった。

世界中から見捨てられたような、惨《みじ》めで悲惨な夜だった。咽《のど》が渇いて声も出なくなる。脱水症状だろうか、ぐったりとして動けない。

樹里はいつしか叫ぶのをやめて、縛られた腕を動かし続けた。どうにかこの縄を解いて水を飲まなければ死んでしまう。

樹里が懸命に縄と闘っていると、ガチャガチャという具足の音と数人の男の声、それからかすかに酒の匂いがした。

人の気配に顔を上げると、格子の外に三人の牢番が立っていた。不穏な気配を感じて顔を上げると、彼らはニヤニヤ笑いながら樹里を見下ろしている。三十代前後の、酒に酔った屈強な男たちだ。嫌な予感がして樹里は息を呑んだ。

「お前は見張ってろよ、こんな上玉を抱けるチャンスはそうそうないからな」

男の一人が牢番に声をかけ、牢の鍵穴に鍵を挿し込む。樹里は信じられない思いで彼らを見上げた。

「へへ、偽物でも綺麗な顔してるからなぁ。俺の一物を早くそのお綺麗な口に突っ込みたいもんだぜ」

隣に立っていた男が下卑た笑みを浮かべ、舌なめずりする。彼らが己の欲望を満たすためにやってきたことに気づき、樹里は怯《おび》えて身を縮めた。牢の小さな扉が開き、酒臭い男たちがどかどかと入ってくる。

「やめ、ろ……っ！」

樹里は何とか逃げようともがいた。だが呆気なく肩を押さえつけられ、三人の男たちに囲まれる。

「おい、目隠ししろ。口もふさげ」

酒臭い息を吐く男が、残りの二人に命じる。男たちは用意してきた布で樹里の目を覆い、口に猿轡《さるぐつわ》をかませてきた。抵抗したが、不自由な身体ではどうにもできない。

「暴れるなよ、死ぬ前にイイ思いをさせてやるんだからよぉ。まったくこんな可愛い顔をして俺たちを騙していたなんてなぁ」

男の一人がびりびりと衣服を破る。足首の縄が、ナイフで切られた。足を動かせると思ったのも束の間、男たちの手で大きく割り開かれる。男たちの力は強く、自分ではどうにもできなかった。樹里はおぞましさに震えた。冗談じゃないと思うが、三人がかりで身体や足を押さえ込まれ、身動きできない。

（嫌だ、嫌だ、嫌だ——）

樹里は必死に男たちから逃げようとした。それを嘲笑いながら男たちは樹里の身体に手を這わす。

「ならさなくても、いいよな。ちょっと切れるかもしれんが、突っ込んじまおうぜ。早く挿《い》れたくてたまんねぇ」

男の一人が下肢をくつろげる気配があった。両足首を大きく広げられ、樹里はくぐもった悲鳴を上げた。

——ふいに、荒々しく駆け寄る靴音が響いた。

次の瞬間、樹里の頬に、何かの液体が飛びちった。男たちに恐怖を感じていた樹里は、びくりとした。

「うぎゃあああ……っ」

樹里の耳元で、断末魔の悲鳴が上がった。同時に樹里を押さえつけていた力が、消える。次にまた悲鳴が上がる。樹里の身体の上に何か重いものが、どさりと倒れ込んでくる。男たちは叫ぶ暇さえ与えられない。何が起きたか分からなくて、樹里は鼓動を撥《は》ね上《あ》げたまま、硬直していた。

あっという間の出来事だった。樹里を襲おうとした三人組の息遣いはまったくしなくなった。

「……っ」

苛立ったような吐息が聞こえた。樹里はアーサーが来てくれたのではないかと、息を詰めてじっとしていた。

靴音の正体を確かめようと、樹里は自分の身体に覆い被さる男の身体の下から這い出た。

「樹里様……っ」

樹里の耳に、聞き慣れた頼もしい声がした。驚いて声のする方に顔を向けると、近くに駆け寄ってくる靴音がする。ランスロットは樹里の目隠しと猿轡を外し、樹里の手を自由にしてくれた。

「ランスロット……ッ!!」

樹里は自分の前に膝をつく騎士に、涙声で叫んだ。

全身に黒装束をまとい、フードで頭を覆い、目元から下も黒い布で覆っているが、その翡翠色《ひすいいろ》の理知的な眼差しはランスロットに間違いなかった。樹里が涙を流して抱きつくと、ランスロットはしっかりとその身体を抱きしめてくれた。

視界が自由になって驚いた。目の前に三人の男の遺体が転がっている。どれも心臓を一突きされ、目をひん剝いて息絶えている。

「このような悪行をなす者がこの国にいたとは……。大丈夫でしたか、樹里様。お助けに参りました」

ランスロットは樹里を熱く見つめ、ゆっくりと身体を離す。樹里の引き裂かれた衣服を隠すように黒いマントで覆うと、力強く抱きかかえる。

「ランスロットが助けてくれたのか……?」

アーサーがいたと思ったのは気のせいだったのか。樹里は自分の思い違いに胸を痛めた。アーサーを想う心が自分を助けてくれたと勘違いさせたのかもしれない。

「……しっかりと摑まっていて下さい」

ランスロットは目を伏せて告げると、牢から樹里を連れ出した。牢の入り口では、牢番が気絶している。ランスロットは地下牢に続く道に配備された兵士をすべて気絶させたようで、石造りの廊下のあちこちに兵士が倒れている。血が一滴も流れていないところが、ランスロットの性格を表すようだった。

二日ぶりに外に出ることができた。二つある月は両方とも見えなくて、ふだんよりも闇を濃くしていた。世界は暗く閉ざされているようだった。

「樹里様、このまま私の領地まで逃げます」

ランスロットは樹里を抱えたまま、人のいない庭を移動した。樹里を助けるということがどれほどランスロットにとって危険なことか。王に忠誠を誓った身で、王に逆らう行為をするのだ。これは反逆に他ならず、ランスロットを危険にさらすことになる。助かったと安堵したのは一瞬で、樹里はその恐ろしさに血の気が引いた。

「駄目、駄目だ、ランスロット、そんなことをしたら……」

ランスロットに罪を背負わせてはいけない——樹里はそう思い、必死に言った。けれどランスロットの意志は固い。

ランスロットの意志を変えることはできそうになく、樹里はその罪悪感に胸が痛んだ。ランスロットにこんな真似をさせてはいけないと思う一方で、今自分はランスロットの存在に救われている。繋いだ手を離されたら絶望するだろう。今はランスロットに頼るしかない。それがどれだけランスロットを苦しめることになるか分かっていても。

ふと脳裏に閃《ひらめ》くものがある。

「ランスロット、待って。出ていく前にとってこなければならないものがあるんだ」

樹里はランスロットの首にしがみつき、急いで言った。ランスロットは難色を示したが、どうしても必要だと言って、闇に紛れてアーサーがよく使う離れに向かってもらう。

——以前、樹里は中島《なかじま》を逃がす際、からくり箱をもらった。箱には中島が大事にしていた物が入っていたのだが、その中に銃があった。それを使う日なんて、くるはずがないと考えていた。だが、今はあれが必要だった。

離れに着くと、樹里はだるい身体で縁の下に潜った。追っ手が来る前にと、できるだけ急いで床下を這い、からくり箱を開けて中身を取り出す。中身をすべて持っていきたかったが、持ち運ぶ袋がなかったので、仕方なく銃だけを取り出して、残りは元に戻した。いつか戻れる日がくると、願うしかなかった。

樹里は外から見えないよう腰のベルトに銃を挿し込んで、ランスロットの元に戻った。

ランスロットは周囲に人がいないのを確かめて、再び樹里を匿《かくま》いながら暗がりを移動する。王宮の外にランスロットの黒馬が用意されていた。ランスロットは樹里を持ち上げ、黒馬に乗せると、自らも跨《またが》る。

ランスロットは人のいない道を選び、一路ラフラン湖へ駆けた。

徐々に遠ざかっていく城を振り返りながら、樹里はこれからどうなるのか何も分からないまま進むしかなかった。

6　神の子戦争

The war of God Child

馬で半日駆け、森で樹里《じゅり》とランスロットは休憩をとった。

ランスロットにしがみついているだけで精一杯だった樹里は、馬から降りると地面に倒れ込んだ。すかさずランスロットが樹里を支え、大木の根元によりかからせてくれる。

「大丈夫ですか？　樹里様。水を……」

ランスロットが腰に下げていた水筒を樹里に差し出してくれる。樹里はそれを咽《のど》に流し込み、苦しいまでの渇きからようやく逃れた。

ずっと馬を走らせていた。空を見ると白み始めていた。

「樹里様、少し先の川で馬に水を飲ませてきます。ここでお待ち下さい。追っ手はまだ来ないと思いますが……万が一のために剣を」

ランスロットがブーツに仕込んでいた短剣を取り出したが、樹里はゆるく首を振って拒否した。

「いらないよ、使えないし……。俺は大丈夫、行ってきてくれ。手伝えなくてすまない」

樹里の弱々しい声にランスロットはいたわしげに眉を寄せたが、一礼して水の音がするほうに馬を連れていった。去っていくランスロットの背中を見送り、樹里は大きな息をこぼした。

王都から離れ、とりあえず目先の危険からは遠ざかった。

だが、大変なことをしでかしてしまったという後悔の念は、時間が経てば経つほど強くなった。

ランスロットを巻き込んでしまった。

ランスロットは王に忠誠を誓った身なのに、自分のせいで荊《いばら》の道を選ばせたのだ。ランスロットが王の命令に背いて樹里を救い出したことがばれていないことを願ったが、それが無理なことは樹里も重々分かっていた。

ランスロットはこのまま彼の領地であるラフラン湖に戻るという。樹里はそこで湖に入り、元の世界に戻るつもりだった。

だがもし、ランスロットが裏切り者扱いされて国から追われる身になるなら、帰ることはできないと樹里は思っている。自分だけが助かるわけにはいかない。助けてくれたランスロットに万が一のことがあったら、きっと一生自分を許せない。それにランスロットの領民たちに迷惑をかけるのも嫌だ。

樹里は両手で顔を覆うと、膝の間に埋《うず》める。

ガルダの裏切り。神の子ジュリの本性。信じていたクロの豹変《ひょうへん》。すべてがショックで、どん底の気分だ。

「樹里様」

滅入《めい》っていると、ランスロットが馬を連れて戻ってきた。ランスロットは馬の背につけていた麻袋から豆を取り出した。

「どうぞ、何も食べていないでしょう」

ランスロットに差し出され、樹里は有り難くそれを受けとった。豆は茹《ゆ》でたもので柔らかく、久しぶりの食事だったのでひどく美味く感じられた。ランスロットは樹里の傍に腰を下ろすと、自分も豆を齧《かじ》りながら、じっと見つめてきた。

「樹里様、一体何が起きたのですか？」

ランスロットに聞かれ、樹里は食事の手を止めた。ランスロットは状況が呑み込めない中でも樹里を助けるために動いてくれた。そんなランスロットを見つめ返すと、無性に感謝の気持ちで胸がいっぱいになって、涙が落ちそうになった。信じていた人の裏切りは、これまでの人生で経験したことがないもので、樹里はかなり傷ついていた。

「俺にも何が何だか分からないんだ……。神殿でジュリの遺体を見た。死んでいるようにしか見えなかったのに生き返って……。クロまであいつに従っちゃうし、ガルダも俺が処刑されても仕方ないって言ったって……」

樹里がうなだれると、ランスロットは厳しい顔つきになる。

「ガルダ殿は動揺しているようでした。王にどういうことかと詰問され、自分にも分からないと釈明されていましたが、あの場では仕方ないことだと思います。王はひどく怒っていて、下手な発言をすればガルダ殿も牢《ろう》に入れられていたでしょう。クロ殿は……私から見ると、いつもと違っておりました。目は赤く光り、あなたといる時の穏やかな様子とは一変して、近づく者を襲わんばかりの勢いでした」

ランスロットに状況を説明され、樹里は胸がえぐられる思いだった。猫だった時のクロはのんびりした性格で、人を襲うことなんて一度もなかった。神獣になってからも猫だった時のクロから性格は変わってないはずなのに。目が赤くなったことといい、ジュリが何かしたに違いない。

「ランスロット、今まで話さなかったことを話す。よく聞いてくれ」

もはや自分一人ではこの状況に対処できない。ランスロットはこの国の住人だが、自分より思慮深く、この国に関しては自分よりよく知っている。だから知っていることを話すことにした。

「マーリンが俺を殺そうとしていたのは知ってるよな？　マーリンは俺がいると災いが起こるから俺を殺すって言った」

樹里が張り詰めた空気の中、語り始めると、ランスロットが頷く。

「はい、禁足地で聞きました」

「本当は、もっと複雑なんだ。マーリンは時渡りの術という魔術を使って、未来を視《み》た。その未来で、神の子がアーサー王子を殺すのを見たんだ」

ランスロットが驚愕《きょうがく》したように腰を浮かす。

「なんと……、そのような……まさか」

たいていのことには驚かないランスロットが、衝撃を受けて表情を変える。ランスロットにとっても信じがたい話なのだ。

「だからマーリンは俺を殺そうとしてあらゆる手を使ってきた。ベイドン山で襲われたこともそうだし、ランスロットを使って殺そうとしたのもそうだし……。俺は、そんな未来は紛い物だと思っていた。でも、あいつが現れた」

樹里は苦しげに言葉を続けた。

「神の子ジュリは、本当は魔女モルガンの子どもなんだ。ジュリだけじゃない、マーリンもガルダもだ。魔女モルガンはこの国をのっとるために自分の子どもを差し向けた。といっても、マーリンはアーサーのために母親を裏切った。ガルダは……正直分からない。俺の知るガルダは本当のガルダじゃないかもしれないから。けど、ジュリは別だ。ジュリは少し話しただけだけど、とても危険だと分かった。あいつなら、アーサーを殺すかもしれない。マーリンの視た未来では王は死に、アーサーは王妃を迎えていたそうだ。まだ先の話だろうけど、俺は本当に起こる未来かもしれないと思っている」

ランスロットはしばらく石のように固まって動かなかった。彼にとってはそれだけショックな内容だったのだろう。ランスロットは、眉根を寄せて拳《こぶし》を握った。

「あの少年がモルガンの子ども……。何と恐ろしい話でしょうか。アーサー王子を殺し、ひいてはこの国を乗っ取ろうとするとは……こうしてはいられない！」

ランスロットはいきり立ち、剣に手をかけた。ランスロットは騎士として王家に忠誠を誓った身なので、強烈な怒りを感じているらしい。熱い忠誠心に、騎士というのはこういうものかと樹里は感銘を受けた。

「この話、アーサー王子の耳にお入れしなければ……」

ランスロットは今にも王都に引き返しそうな勢いだったが、樹里は落ち着くように説き伏せた。

「あいつは強い。クロを見ろよ、別の生き物みたいになってるし……。マーリンに呪い殺されても生き返ったんだぞ、マジでやばいって……」

樹里に宥《なだ》められ、ランスロットも少し冷静になったのか、腰を下ろした。

「すみません、国の危機とあって冷静さを欠きました。樹里様のおっしゃる通りですね。あの少年がモルガンの子どもなら、大きな魔力を持っているはずです。慎重に事を運ばねば。しかも、我々は今や王家の裏切り者。進言しても聞き入れてくれるかどうか……」

悩ましげなランスロットに樹里は頭を下げた。

「ごめん、ランスロット……。俺のせいで……」

国を裏切らせる羽目になったことを謝ると、慌てたように制される。ランスロットは樹里の肩に大きな手をかけ、首を横に振った。

「どうか謝らないで下さい。私は私の信じる道を進んだのです。樹里様、私があなたを牢から救い出したことはすぐに周知されるでしょう」

ランスロットからはっきり言われ、樹里はずーんと落ち込んだ。考えてみれば牢番たちを何人も倒したし、ランスロットの姿が見つからなければ、犯人がランスロットとばれるのは時間の問題だろう。牢には死体も残っているのだ。

「どうしよう……」

樹里がうろたえていると、ランスロットの翡翠色《ひすいいろ》の瞳が力強く光る。

「あなたは否定されますが、私はあなたこそ本物の神の子だと信じています」

続いた言葉に樹里は息を呑んだ。

「私は国を謀《たばか》った罪人をさらったわけではありません。本物の神の子を救い出したのです。私は何度も奇跡を見ましたが、すべてあなたの起こしたものです。そして神獣は神獣らしくあなたに寄り添っていた」

自分には何の力もない――そう言いたいが、今ここでそれを言ってもどうにもならない。ランスロットは、樹里を神の子として選んだのだ。ランスロットが王の命に背くには、それだけの理由が必要なのだろう。

「民の中にもあなたこそが神の子なのではないかと言う者も多いのです。あとから現れた神の子に戸惑っています。私はあの少年が現れた後すぐ、領地の者に知らせを出しました。私があなたをラフラン湖のある領地にお連れするのは、あなたをあなたの世界に帰すためではありません。それは分かってもらえますか？」

ランスロットに凛《りん》とした佇《たたず》まいで言われ、樹里は迷わず頷いた。ここで一人逃げ帰るような卑怯な真似はできない。

「私はあなたこそ本物の神の子と主張します。あなたを処刑させるような真似はさせません。そのために、全力であなたを守るつもりです。だからどうか、領民の前では、自分は神の子ではないなどとおっしゃらないでほしいのです」

切々と訴えてくるランスロットに、樹里はもう一度大きく頷いた。

樹里も覚悟が決まった。自分は本物の神の子ではない。けれど、今は神の子として、動くしかないのだ。自分の発言一つでランスロットだけではなく、ランスロットの領民までまきぞえにするのは許されないことだ。

「でも魔術対決みたいなのしたら、絶対負けるよ……。俺は変な力とかないし」

気になっていたことを言うと、ランスロットはふっと微笑んだ。ジュリは大きな魔力を持っているのに、自分は何の力も持っていない。そんな状況なのに、ランスロットは心配いらないと断言する。

「樹里様、神の子に必要なのは魔力ではありません。あなたがおっしゃったようにあの少年が魔女モルガンの子どもだというなら、魔力を使うことこそ偽物の証《あかし》となるでしょう。それに、民は奇跡を起こせるから神の子を慕っているわけではないのです。実際、これまでの神の子にそんな力を持つ者はいなかったはず」

神の子というフレーズのせいで、魔法みたいなものを使える存在と思い込んでいたことに気づいた。この国の民にとっては、単なる神聖な存在、王と契《ちぎ》る相手という意味合いだったのに。

ランスロットは休憩が終わると立ち上がり、樹里を抱き起こした。

「急ぎましょう。一刻も早く領地に戻り、守りを固めなければ」

ランスロットは樹里の手を引き黒馬へと誘《いざな》った。これからどうなってしまうのだろうという不安の中で、樹里は自分の心がいくらか軽くなっているのを感じていた。自分の抱えていた荷物をランスロットにも持ってもらえたせいだろうか。アーサーは信じてくれなかったが、ランスロットは自分の話を信じてくれた。そのことに喜びと悲しみがないまぜになって、樹里は顔を曇らせた。

ランスロットの黒馬は、疲れを見せず風のような速さで樹里たちを運んだ。

以前、イケニエ草を採りに行くため辿った道を、樹里は再び走っていた。もう一度この道を戻ることがあるのだろうか？　そんな思いが頭を過《よ》ぎり、ランスロットのたくましい背中にしがみついた。

一日かけて、ランスロットの領地に樹里たちは辿りついた。

大きな湖が見えた時には、すでに夕闇が迫っていた。樹里のいる世界と違ってこの世界は街灯もないし家々の明かりも小さいので、暗くなると本当に不安になる。ランスロットは慣れたもので薄暗がりの中、馬を走らせているが、樹里はランスロットに言われなければ湖に気づかなかっただろう。

「湖が……ざわついているようです」

馬の歩みをゆっくりにして、ランスロットは湖を見た。夜の湖は暗くて不気味だが、ランスロットに言われて目を向けると、時おり光が湖面を跳ねているのが見えた。

「あの光は？」

樹里が聞くとランスロットは「おそらく妖精でしょう」と答えた。揺れる馬上からはよく見えなかったが、光の跳ね方が奇妙な形を作っていた。光の粒が集まったかと思うと、まるで弾けるように四方に飛び散るのだ。光は何度もそれを繰り返し、湖面に沈んでいく。ランスロットはざわついていると言ったが、樹里には不吉な暗示のように思えて仕方なかった。

ランスロットの城はラフラン湖から一キロと離れていない場所にある。王宮ほどではないが白亜の立派な城で、やや小高い場所にあるのだが、遠くからでも城門に松明《たいまつ》の明かりがたくさん集まっているのが見えた。もしや追っ手が先回りして、と樹里は肝を冷やしたが、近づくとそれはランスロットの領民や使用人、城の者たちのものであることが分かった。

「ランスロット様、樹里様」

門の前で馬を降りると、待ち構えていた領民が松明を手に集まってきた。率先してやってきたのが、以前も世話になったクーパーという男だ。日に焼けた肌に屈強な身体つきの男で、樹里たちを見て安堵したように声をかけてきた。

「お疲れでしょう、さぁ早く中に。我ら一同、お待ち申し上げておりました」

クーパーの呼びかけに合わせて、皆が腰を低くして樹里たちを労《いたわ》ってくれる。煙たがられるのではないかという不安もあったので、領民に迎えられてホッとした。ランスロットは黒馬を使用人に預け、樹里の身体を支えながら城に入る。

ランスロットの城は周囲を高い城壁で囲み、その城壁は人が登れないように少し反り返っている。コの字型の先端部分に塔が二本建っていて、前来た際に塔の上から周囲を見渡したことがある。あの時はラフラン湖や妖精王の棲《す》む森をバルコニーから眺め、愉《たの》しく過ごしたのに。

「ランスロット様、皆、集まっております」

クーパーが城の中庭に二人を先導した。廊下を横切ると、中庭にたくさんの男たちがいる。屈強な男が多い。数百人はいるのではないだろうか。ランスロットの姿に、皆いっせいに口を閉じる。中庭の四方に置かれたかがり火が大きく揺れて、男たちの顔を照らしている。

「皆の者、遅くにすまない。よく聞け！　王都に新たな神の子を名乗る者が現れたが、あれは偽物だ。私は本物の神の子である、この樹里様をお救いし、お守りすると決めた。いずれ王都から樹里様を引き渡せという命令がくるだろう。しかし私はそれに応じる気はない！」

ランスロットの雄々しい声が響き渡る。誰もが真剣にランスロットの話を聞いている。樹里はランスロットの隣で、緊張と疲労で今にも倒れそうだった。ランスロットの言い分に納得できない領民もいるのではないだろうか？

「戦になるかもしれない。そうなったなら、その手に武器を持て！　闘う意志のない者はこの地から立ち去るがいい、私は私の信じる道のために闘う、だが私に続けない者たちは安全な場に向かえ。それを責めることもそしることもせぬ、特に女、子どもを闘いに巻き込まないようにせよ！」

ランスロットは騎士として誇り高き闘いをしようとしている。樹里は自信にみなぎったその横顔に胸を打たれた。

「私に続く者は、急ぎ、支度をせよ！　我らには妖精の加護がある！」

ランスロットが拳を上げると、男たちが同じように拳を突き上げ、咆哮《ほうこう》を上げた。まるで雷のような男たちの声に樹里はびっくりした。立ち止まる者は一人もいなかった。皆が躊躇《ちゅうちょ》なく拳を突き上げ、王と闘う気でいるのだ。樹里は呆然と、鼓舞し続ける男たちの声を聞いていた。

「ランスロット様のために！　神の子のために！」

「ランスロット様のために！　神の子のために！」

男たちが口々に叫ぶ。

「偽の神の子は、邪悪な力を使う。皆の者、守りを万全にするのだ！」

ランスロットが男たちに指示を与える。ランスロットの部下らしき兵が、集まった領民に武器を与えていく。樹里は男たちの熱気に当てられ、声も出せずに立ちすくんでいた。

闘いになるかもしれないというのに、彼らは怖いとか嫌だとか言わずに、ひたすら領主であるランスロットを信じている。ランスロットとの結びつきは強く、領民と領主というより親と子どもみたいだ。この世界特有のものなのだろうか、それともランスロットの人望ゆえだろうか……後者のような気がした。

「樹里様、我々はこれからについて話し合わねばなりません。あなたはお疲れでしょう、お部屋でお休み下さい」

領民に指示をしていたランスロットが、樹里に声をかける。樹里は慌てて首を横に振った。

「そんなわけにいかないよ、俺だって何か……」

樹里が言うと、ランスロットが微笑む。

「彼らは日頃から剣を学んでおります。兵が少ないと思っている王都の者は、この地に来て驚くでしょう。樹里様、あなたが美しく着飾って下さることも我らの励みになります。今のあなたの姿では」

ランスロットがマントの下の樹里の破れた衣服を見る。そういえばボロボロの状態でここに来たのだ。今さらながら恥ずかしくなった。

「ショーン、樹里様を部屋に案内してあげてくれ。食事と湯の用意、着替えも」

ランスロットが近くにいた青年を呼び止めて告げる。ショーンはそばかす顔のもじゃもじゃした髪の人のよさそうな青年だ。ランスロットに言われ、神妙な面持ちで樹里に近づいてきた。

「神の子、どうぞ、こちらへ。お部屋へご案内します」

ショーンが階段に樹里を誘導する。樹里はランスロットの気遣いを有り難く受けとり、ショーンについていった。


案内された部屋は以前も使った客部屋だった。ベッドとテーブルセットのある清潔感のある部屋だ。壁には手織りの敷物が飾られ、バルコニーからは辺りが一望できる。ショーンは部屋の壁やテーブルの上にある蠟燭《ろうそく》に火をつけていった。いくつかの火が灯《とも》ると部屋は明るくなり、心細さを癒してくれる。

その後すぐ、大きな盥《たらい》に湯が注がれた。ショーンは柔らかな布を湯で濡らし、「身体を拭《ふ》きましょうか」と尋ねてくる。自分でできるからと断ると、「では着替えを持ってまいります」と素直に部屋を出ていった。疲労はピークに達していたが、これくらい自分でやらなければならない。

樹里は黒マントを脱ぎ、腰留めで挟んでいた銃を慎重に手にとった。これを誰かに見られるわけにはいかないので、部屋を見渡しベッドの下に隠す。それから一息ついて、破れた服を脱いで裸になると、汚れた身体を湯で清めた。乱暴されかけた時に擦り傷ができたらしい。腕のあちこちが痛んだ。手のひらの傷もまだ治っていないし、本当にボロボロだ。身体を拭く手も重く、作業はのろのろとした。

そうしているうちに、ショーンが戻ってきた。

「あっ、すいません」

ショーンは樹里を見るなり動揺して、また部屋から出ようとする。樹里は汚れた布を盥の縁にかけた。

「着替えを持ってきてくれたんだろ？　入ってくれ」

樹里が入り口で背中を向けているショーンに声をかけると、顔を赤くしてうつむきながら戻ってくる。

「樹里様、いけませんよ。そのように艶《なま》めかしい身体をさらすのは。不埒《ふらち》な真似をする輩《やから》が出てくるかもしれません」

ショーンは持ってきた衣服をベッドの上に置き、注意してくる。何を言っているんだと言い返そうとしたが、ふと自分の腕や身体つきを見ると、何となく以前とは違っている気がした。もともと細かったがもう少し筋張って筋肉もあったはずだ。こっちの世界に来てから運動らしい運動をしていないからか、腕や足から筋肉が落ちたのかもしれない。艶めかしいとは思わないが、確かに弱々しい。

「今、お食事をお持ちします」

ショーンはそそくさと部屋を出ていった。

樹里は綺麗になった身体に清潔な衣服をまとった。ポンチョみたいに上から被って着るタイプの服で、白く肌触りのいい生地でできている。着替えを終えて汚れた衣服をまとめると、樹里は素足でバルコニーに出た。

ラフラン湖がよく見える。今は暗くて分からないが、太陽が昇ればもっと先まで見えるだろう。これからどうなるか分からないが、助けてくれたランスロットのためにできる限りのことをしなければならない。

部屋に、自分一人でいることがひどく心細くなってきた。落ち込んだ時はいつもクロを撫でて癒してもらっていた。

クロは樹里が生まれた時に父が拾ってきた雄猫だ。ずっと一緒にいた。そのクロが傍にいないのが、今はすごく寂しい。

(クロ……、お前どうしちゃったんだよ)

泣きそうになった時、ランスロットの声が聞こえた。

「樹里様」

慌てて気持ちを引き締め、部屋に入る。ランスロットは帯剣していた。ショーンが大きなトレイに二人分の食事を持って入ってきた。

「ありがとう」

食事を運んできてくれた礼を言うと、ショーンはにこりと笑ってテーブルの上にシチューやパンを置く。ランスロットはマントを脱ぎ、剣を壁際の台の上に置いた。

「あとでお茶をお持ちします」

ショーンはランスロットに一礼して部屋を出る。

樹里は椅子に腰を下ろし、ランスロットを見上げた。ランスロットは盥に残っていた湯で軽く手を洗うと、樹里の向かいに腰を下ろす。

「いただきましょう」

ランスロットに促され、樹里は食事に手をつけた。絶食が続いたせいか、腹は減っているはずなのにシチューしか咽《のど》を通らない。ランスロットは無理をしないでいいと気遣ってくれる。

「少し顔色がよくなりましたね。よかった」

ランスロットは安堵したように、目を細める。樹里は顔を引き締めて、ランスロットを見つめた。

「ランスロット、俺は何をすればいい？」

樹里が真剣に聞くと、ランスロットは視線を落とした。

「どうか事が終わるまで、ここにいて下さい——私が望むのはそれだけです」

樹里は目を見開いた。

「私たちはあなたを本物だと信じ、闘いも辞さない覚悟です。その最中にもしあなたが消えたら……」

ランスロットだけではなく多くの領民の命がかかっている。樹里の行動一つで、破滅に追い込むこともできる。樹里の目が潤んできた。

「俺……申し訳なくて。ランスロットやここの人たちを巻き添えにして」

テーブルの上の蠟燭の火が揺れて、それ自体が生き物のように細くなったり太くなったりする。今の自分はこの炎のようにゆらゆらして頼りない。

「申し訳なく思う必要はありません。以前ここを訪れた際に、あなたは領民と親しく話してくれました。それに湖の氷も解かしましたし、何と言っても禁足地の魔物を追い出しましたからね」

ランスロットが珍しく軽口を叩いてきた。禁足地の魔物の話は自分たちだけが知る秘密の話だ。マーリンの術にかかったランスロットが神具を壊してしまったので、領民を納得させるために魔物が出たと嘘をついたのだ。それも樹里の手柄となっていることに強張っていた顔も弛んだ。

実直な民たちは、樹里を信じている。だが自分は守られているだけでいいのだろうか？

「俺、逃げない。もし闘いになったら、俺も闘わせてくれ」

樹里は悲痛な思いでランスロットに訴えた。けれどそれはランスロットには受け入れられないことだったらしい。

「樹里様、そのお気持ちだけで十分です。闘いに参加するのは、危険すぎます。もし闘いになったとしても、私には妖精の剣があります。この剣はめったなことでは使いません。この剣は誰彼かまわず吹き飛ばしてしまいますからね。でも領民を守るためなら仕方ありません」

ランスロットは穏やかな表情に戻って、語る。樹里は待っているだけというのがどうしても嫌で駄々をこねた。

「ランスロット、俺これでもけっこう強いんだぞ？　馬に乗って闘うのは無理だけど。反射神経だっていいし、ホントけっこう強いんだから」

樹里が必死に言っても、ランスロットは駄目ですの一点張りだった。だがこういう会話が気持ちをほぐしてくれた。樹里はシチューを全部食べることができた。

「今夜はゆっくりお休みください。ゆっくり眠れる日はしばらくこないかもしれませんからね。私もさすがに疲れたので、今夜は早々に身体を休めます」

食事を終えると、ランスロットは部屋を出ていった。

ランスロットの言葉に従い、樹里はベッドに潜った。三日ぶりの柔らかな寝心地に睡魔はすぐに訪れた。

やがて来る邪悪な足音に怯《おび》えながら、樹里は眠りの世界に一筋の光を手に入れた。

翌日、昼過ぎに早駆けの馬が王都からの知らせを届けた。

馬の主はランスロットの信頼する部下で、王宮の動向を窺《うかが》うために王都に残っていたジャックという名の騎士だ。広間には多くの領民が集まった。

「ユーサー王はランスロット卿が偽の神の子を逃がしたと知り、アーサー王子に偽の神の子を連れ戻すよう命じて、第二部隊、第三部隊、第四部隊を送り出しました。おそらく到着は明日昼頃かと思われます」

広間にざわめきが起こった。アーサー王子率いる騎士団が明日の昼にはここにやってくる。樹里は鼓動が速まった。三個部隊が向かってくるなんて。樹里はランスロットを見た。

だがランスロットは動じた様子もなく、堂々としている。

「皆の者、案ずるな。第一部隊が来ないのであれば、活路はある。神の意志がこちらにある以上、どれだけの数で攻めてこようと恐るるに足らぬ」

ランスロットは領民を安心させるように断言した。騎士団第一部隊はランスロットが団長を務めるキャメロット王国の精鋭たちだ。おそらくユーサー王は第一部隊は敬愛する団長への忠誠心で力を発揮できないと考えたのだろう。ランスロットも部下と闘わずにすんで、ホッとしているようだ。

「神兵は動くのか」

ランスロットはジャックに尋ねた。

「今回は動きません。どうやら大神官が様子見のようです」

樹里はよかったと思った。これまで自分を守ってくれた神兵と闘うのは避けたかった。大神官はユーサー王を憎んでいるので、今回は高みの見物を決め込んだだけかもしれないが、それでもいい。王都のすべてを敵に回すような状態にならないだけで十分だ。

「他に変わったことは？」

ランスロットが尋ねると、ジャックはちらりと樹里を見て少し迷ってから口を開いた。

「神兵は動きませんが、アーサー王子と共に神の子はやってくるようです」

ジャックの発言に樹里はみぞおちがぎゅーっとなって唇を嚙んだ。ジュリはアーサーに抱かれたと言っていた。二人はもう愛し合う仲になっているのだろうか。だから一緒に行動を？

「そうか……」

ランスロットが難しい顔で呟く。報告が済み、いったん下がろうとしたジャックだが、思い直したように再び口を開いた。

「実は気がかりなことがあります。思い過ごしかもしれませんが……」

周囲の人が耳を傾ける。

「何だ？　言ってみろ」

ランスロットに促され、ジャックが深い吐息をこぼした。

「ユーサー王のご様子が少しおかしい気がするのです」

思いがけない言葉に、皆がジャックを探るような眼差しで見る。ジャックはもやもやした思いを吐き出すように言い募った。

「もとからユーサー王は一度怒りに触れた者には容赦ないお方でしたが、今回はいつにもまして腹立ちが収まらないご様子。私が王都を出た日も、粗相をした使用人をその場で剣で殺してしまいました。聡明なお方であったのに、今の王は恐ろしくて誰も近づけないほどです。何かに憑《と》りつかれているのでは……と暗に言う者もいるくらいで」

樹里はランスロットと顔を見合わせた。クロといい、ユーサー王といい、何かがおかしい。

「今、王都にいるのは邪悪な存在だ。得体の知れない力を使ってユーサー王をそそのかしているのかもしれない」

ランスロットはジャックをねぎらいつつ言った。

「まずは明日の闘いに備えよ！　剣を研ぎ、石弓の用意を！　籠城戦《ろうじょうせん》になるやもしれぬから、食糧の備蓄も確認せよ！」

ランスロットが大声で命じ、それに応える領民の声が地鳴りのように響いた。

「アンディ、アンディはいるか⁉」

男たちがそれぞれ動きだす中、ランスロットがそう呼ぶと、すかさず小柄な赤毛の少年がやってくる。

「アンディ、妖精王の棲む森に行き、急ぎこの封書を一番大きな木にくくりつけてくれ」

ランスロットは懐から取り出した手紙をアンディに渡す。アンディは大きく頷いて、「すぐ行ってまいります」と走っていった。

「今のは？」

樹里が気になってランスロットに聞くと、憂えた様子でため息をこぼす。アンディはこの地に長年住む木こりの一族の子どもで、俊足なのだそうだ。

「妖精王に言伝《ことづ》てがある場合は、妖精王の棲む森の一番大きな木に手紙をくくりつけるのです。この地で戦が起きることを、妖精王に報告しておかねばなりません。昨夜からラフラン湖がざわめいているので、おそらくもうご存じなのでしょうが。妖精王は人の世で起こるいざこざを厭《いと》います。黙認してくれるとよいのですが……」

ランスロットは昨夜のうちに妖精王に手紙をしたためていたようだ。妖精の剣を持っているといっても、妖精王の加護を必ずしも受けられるわけではないらしい。妖精王がどう思うのか不安になって樹里はそわそわした。

「ランスロット、俺も何か役に立てないかな」

樹里はいてもたってもいられず聞いた。

「でしたら、ここにいる者と一緒にラフラン湖に行き、清水を運んできて下さい。あなたの祈りを捧げた水を戦の前に飲みましょう」

樹里は領民数人とともにラフラン湖に行って水を汲んでくることになった。手伝うことができてホッとする。

「樹里様、参りましょう」

樹里と一緒に水を汲みに行くのは、中年男性のヨナと白髪混《しらがま》じりの老婆のマーガレット、髪をひっつめた肝っ玉母ちゃんのジャネットだ。桶《おけ》を手に、樹里は三人について城を出た。

城からラフラン湖までは少々歩く。樹里は戦のことで頭がいっぱいだったが、三人とも明るく、特にジャネットは陽気だった。

「樹里様、心配いらないよぉ、ランスロット様に任せておけば、なーんもへっちゃらよぉ。なんといってもこの国で一番強いお方なんだからね」

ジャネットは樹里の背中をばんばん叩いて励ましてくれる。その豪快な態度に沈んでいた樹里の気持ちも浮上していき、三人に礼を言った。

「俺のためにすまない。助けてもらって本当に感謝している」

道すがら樹里が頭を下げると、ヨナは恐縮したように手を振る。

「我々はランスロット様を信じているんです。だから樹里様も信じます。それに樹里様のように貴い方のために闘えることは誇りです」

「そうじゃよ、樹里様。大丈夫、ランスロット様がいれば負けることなどないわ」

マーガレットも笑顔で樹里を勇気づける。樹里は黙って微笑んだ。

ラフラン湖に着くと、樹里たちは桶に水を汲んだ。その桶を、湖岸に並べる。祈りを捧げてくれと言われ、樹里は桶の前で膝をついて手を組んだ。目を閉じてどうかこれを飲んだ人を守って下さいと強く念じる。

祈り続けていると、頬に風を感じた。

「おお……」

樹里の背後にいた三人から感嘆の声が上がり、つられて樹里は目を開けた。

桶の周囲に光の粒が集まっていた。きらきらと光るそれは、羽虫のように自由に飛び回る。光の粒の正体は、ラフラン湖の妖精だ。背後の三人は、妖精の出現に驚いている。

『神の子、恐ろしいものが迫ってくるよ』

光の粒が樹里の前に留まり、話しかけてきた。樹里は顔を強張らせ、じっと光の粒を見つめた。よくよく目を凝《こ》らしてみると、人の姿に似た何かが見えてくる。羽から光が飛んで、そのせいで光の粒に見えるのだ。

『あれはとても怖いんだよ』

別の光の粒も話しかけてきた。樹里は何故か妖精の言葉を聞くことができる。彼らの言っていることがジュリを指しているのに気づき、顔が強張った。

「俺はどうすればいい？」

樹里は途方に暮れて光の粒に問いかけた。

『この地を汚さないで。血で汚さないで。私たちが棲めなくなっちゃう』

一つの光の粒が言いだすと、まるで合唱のように同じ言葉を別の光の粒たちは繰り返す。

『そうだ、そうだ。だから人間は嫌なんだ』

『同族同士で殺し合うのは人間だけだよ。理解できない』

『神の子、ここを汚さないで』

妖精は清らかな場所にしか棲めないという。樹里がこの土地に来たから戦に巻き込まれる羽目になったのだ。樹里はますますどうしていいか分からなくて唇を噛んだ。

「ごめん……俺もここを汚したくない。誰も怪我させたくない……。お願いだから、この水に力を吹き込んでくれよ。皆を守れるように」

樹里は光の粒に向かって頭を下げた。すると光の粒がぐるぐる回り始めたかと思うと、ラフラン湖からさらにたくさんの光の粒が押し寄せてくる。それらは桶に吸い込まれ、水を光り輝かせたあと、いっせいに飛び散っていった。

気づくと光の粒は消えていた。けれど桶の水はきらきら光っている。樹里には彼らが水に力を与えてくれたことが分かった。試しにすくって飲んでみると、とても力が漲《みなぎ》ってくる。樹里は三人にも飲むよう勧めた。三人とも飲み終えると、びっくりしたように目を見交わした。

「力が湧いてくる。聖なる水だ、やはり妖精は我らの味方だ!」

ヨナは興奮した様子で桶を軽々と担ぐ。マーガレットは「若返ったわい」と喜び、ジャネットは目を輝かせている。

「早くこのことを皆に知らせてこの水を飲ませなきゃ! すんごい力だわぁ、やっぱりあなたは神の子なんですねぇ」

三人の樹里を見る目つきがすっかり変わってしまう。相変わらず妖精の声は樹里にしか聞こえなかったらしい。

(そういや何で俺には妖精の声が聞こえるんだろ。別世界から来たから……とか? 中島《なかじま》さんはどうだったのかなぁ)

桶を運びながら、樹里は後ろ髪を引かれる思いでラフラン湖を振り返った。目の前に自分がいた世界に続く道がある。もちろん今は帰る気はないが、湖が招くように光って見えて、樹里は重い足どりで城に戻った。

時間はあっという間に過ぎていった。

ラフラン湖から聖なる水を持ち帰ると、興奮した三人が湖での出来事を口々にまくしたて、領民の士気は弥《いや》が上《うえ》にも上がった。妖精の力を得たことで神の意志はこちらにあり、と確信したらしい。士気が上がるのはいいが、樹里は不安でたまらなくなった。戦も嫌だし、アーサーと闘うのも嫌だし、誰かが傷を負ったり死んだりしたらもっと嫌だ。ジュリはマーリンみたいに魔術を使える。どんな恐ろしいことをしかけてくるのかと考えると息苦しくなった。こういう時に限って、肝心なものがない。神殿の自分の部屋には、薬がいくつもあるのに。あの時は無理だったと分かっているのに、自分が持ってくるべきは銃ではなく、薬だったのではないかと後悔に苛《さいな》まれた。

この闘いを回避できる方法があるのではないかと考えてみたが、結局何も思いつけなかった。領民たちは具足をつけ、剣を研ぎ、明日の戦に備えている。屋上や窓には投石器や弓が設置され、投げる石や矢が積み上げられた。広間には酒と料理が運ばれ、領民たちは明日の戦に向けて士気を高めている。

夜になり部屋に戻ると、樹里は眠れずにバルコニーから王都の方角を見た。騎士団がやってくるのが見えるのではないかと目を凝らしてみるが、今のところ明かり一つ見えない。

本当にこれでよかったのだろうか？　樹里は白い息を吐き、眉根を寄せた。夜になるとこの辺りの気温はかなり低くなる。

あれほど忠誠心の厚いランスロットにアーサーや王家に剣を向けるような真似をさせていいはずがない。何度も考え、答えは見つからないと分かっていても、考えずにはいられなかった。この世界では王の言うことは絶対で、それにたてつく者は容赦なく罰せられる。自分は心のどこかで元の世界に帰れば何もなかったことになると思っているのではないだろうか？　残される者のことを本気で考えていないのではないだろうか。

「樹里様」

バルコニーから戻った樹里は、ノックに驚いて身をすくめた。ドアが開き、ランスロットが現れる。

「ランスロット」

樹里はランスロットに駆け寄った。ランスロットは黒い衣服に簡単な具足をつけていた。

「少し……よろしいですか？　お休みのところ申し訳ありません」

ランスロットが珍しく目を逸らした。

「いいよ。ちょうど眠れなかったんだ」

樹里が見上げて言うと、迷ったように視線を動かしていたランスロットが、ようやく樹里を見つめた。その瞳の中にどきりとするような熱を見て、樹里は息を呑んだ。ランスロットと距離をおこうとした樹里の手を、ランスロットが掴む。

「樹里様……。私は明日の闘いで命を落とすかもしれません」

思い詰めた様子でランスロットが呟き、樹里は顔を強張らせた。

「そんな、そんなこと言うなよ……!! ランスロットは強いんだ、負けないって言ってたじゃないか」

領民を鼓舞した時のランスロットの雄々しさとは真逆の様子にうろたえて、樹里はランスロットに一歩近づいた。

「私は誰にも負ける気はありません」

ランスロットは樹里を抱き寄せ、背中を撫でる。どういう意味か分からなくて樹里はランスロットの言葉を待った。

「百人の敵が来ようと、千人の敵が来ようと、負けるつもりはありません。けれど……私は王家に忠誠を誓った身です。アーサー王子は斬れません」

はっきりと、静かに言われ、樹里は大きなショックを受けた。ランスロットは深い葛藤を抱えてこの戦に臨《のぞ》もうとしている。王家に刃向かうということが、どれほどランスロットにとってハードルが高いことなのか樹里もやっと理解した。

「ランスロット……」

アーサーに対して防御することしかできない以上、ランスロットがこの闘いに勝利するのは不可能だ。馬上槍大会の時のように、落馬させたり武器を落とさせたら勝ち、というわけにはいかないのだから。

「あなたを守るため、領民を守るため、私は命のある限り闘います。アーサー王子に退いてもらうためには、あなたこそ神の子だと認めさせるか、騎士団に敗北が濃厚だと思わせるしかないでしょう。ですが、それはとても難しい……。騎士団は訓練を受けた者たちばかりですから、力では我々が劣るでしょう」

ランスロットの手が背中から肩に回った。

じっと請うように見つめられ、樹里は身動きできなくなった。

「私は死ぬかもしれない。でもその前に……一度でいい、あなたがほしい」

かすれた声の呟きに、樹里は心臓が飛び出しそうになった。何か言いたくても、唇が震えて言葉にならない。ランスロットの熱い眼差しに言葉が浮かばず、息さえできなかった。

「樹里様……」

ランスロットが屈み込んできて、樹里はびくりとした。どうすればいいか分からないまま動けずにいると、ランスロットの唇が樹里の唇をふさいだ。慌てて身を引こうとしたが、それを阻止するようにランスロットの腕が背中に回り、逃れられないようにうなじを捉えられる。

熱い唇が樹里の唇を吸った。吐息は官能的で、樹里の髪をまさぐる手は興奮を伝えている。樹里は足ががくがくした。するとランスロットが樹里の身体を抱え上げる。

動揺している樹里を、ランスロットはベッドに下ろした。仰向けの状態でランスロットの眼差しを受け止めたとたん、樹里は腹の底から熱いものが込み上げてきた。

何度もこんなふうにアーサーに見つめられた。

ランスロットの強い眼差しとアーサーの眼差しが重なって、とっさに顔を両手で覆ってしまう。信じられない、こんな感情を自分が抱く日がくるなんて。覆い被さってきたランスロットを見て、アーサーの憎たらしい顔を思い出してしまったのだ。一度思い出してしまうともう駄目で、樹里はランスロットをまともに見返すことができなくなった。

「ランスロット……ごめん」

樹里はベッドの上で身を丸め、顔を隠したまま声を絞り出す。ランスロットの動きがぴたりと止まる。

「俺……アーサーが好きなんだよ……」

今まで認めたくなくて違うと言い張っていた自分の心の奥にあるものに、ようやく樹里は気づいた。憎らしくて喧嘩《けんか》ばかりしてしまうのに、いつの間にか惹《ひ》かれていた。相手は男で、しかも違う世界の王子で、今や自分を捕らえようとしているのに。

ジュリと寝たし、憎んでもいいはずの相手なのに、ランスロットに抱かれると思ったとたん、どうしてもアーサーのことを考えずにはいられなかった。

自分はアーサーが好きなのだ。信じたくないが、好きになってしまった。

「だから心は無理だ……ごめん。けど身体だけでいいなら……ランスロットになら……いいよ」

樹里は手で目元を隠し、切れ切れに呟いた。男に抱かれるのは嫌だが、ランスロットなら許せる。明日死ぬかもしれないのだ。それを拒む気はなかった。

樹里が息を潜めていると、苦しげな吐息が聞こえた。

そろそろと手を外した樹里は、ひどくつらそうな目が見えて、胸がぎゅーっと苦しくなった。ひどいことを言った自覚はある。ランスロットのことは好きだし、以前妖《あや》しい状態になったこともあった。抱かれてもいいと思った。けれど自分がアーサーを好きだという事実は変えられない。大切な人を傷つけた自分を、樹里は心底呪った。

「……申し訳、ありません、樹里様」

ランスロットは張り詰めた空気の中、背中を向けるとベッドから離れた。樹里はランスロットの背中を見つめた。

「騎士としてあるまじき振る舞いでした……どうか、お忘れ下さい……。もう失礼します」

ランスロットは低い声で呟き、重い足どりで部屋を出ていこうとする。ランスロットを傷つけるつもりはなかったのだ。自分のために命をかけてくれる人にこんな悲しい思いをさせるなんて、自分はひどい愚か者だ。

「もう一つ……謝らねばならないことがあります」

入り口でランスロットが立ち止まり、かすれた声を出した。背中を向けたままなので、どんな表情をしているか分からない。

「牢であなたを襲った三人組を殺して救ったのは私ではありません。アーサー王子です」

ランスロットが低い声で呟く。樹里は、ぐっと唇を噛みしめた。

アーサーが自分を見捨てたわけではないと知って、熱い塊が咽に込み上げてくる。あの時アーサーの気配を感じたのは間違いではなかった。アーサーはランスロットが樹里を救い出すのを黙認してくれた。それが泣きたくなるほど嬉しかった。

同時に目の前の高潔な騎士を傷つけてしまったことが、胸をえぐるようにつらかった。

ランスロットは静かな足どりで部屋を出ていった。

一人になるといくつもの思いが胸に去来して、樹里はやるせない思いに苛まれた。

7 妖精王

Fairy King

不気味なほど静かな朝だった。鳥の鳴き声も聞こえず、風もない。空は灰色で、これから起こる闘いを知っているかのように太陽を隠していた。

昨夜はランスロットに対する罪悪感とアーサーへの気持ち、闘いへの恐怖が入り交じって樹里《じゅり》の頭はぐちゃぐちゃだった。こんなに頭がこんがらがったのは生まれて初めてだった。考えているうちに朝を迎え、寝るのを観念して起きたのだ。

ぐちゃぐちゃな中でも、とりわけ昨夜のランスロットへの申し訳なさは重く心にのしかかっていた。高潔な騎士であるランスロットに身体だけならいいよなんて、とんでもない思い違いだった。アーサーは例外として、男相手に恋愛なんて無理な樹里にとって、身体を許すというのはかなり譲歩したつもりだったが、ランスロットにすれば侮辱と感じたかもしれない。ランスロットはアーサーとは違う。アーサーならあの場面で「じゃあ遠慮なく」と樹里を抱いただろうが、ランスロットはそういう性格ではないのだ。ランスロットの矜持《きょうじ》を傷つけてしまったのではないか。

樹里はランスロットにどう接していいか分からないまま、身支度を整えた。今日は足首まで隠れる裾の長い服を身につける。ベッドの下に隠していた銃を取り出し、紐《ひも》でブーツにそれを縛りつけた。眠れなかったので銃の構え方の練習をしてみたが、本番で撃てるかどうかは分からない。そもそも一度も撃ったことがないのだ。子どもの頃、おもちゃの銃で遊んだことはある。お祭りで射的をしたことも。けれど本物の銃を、扱えるかというと不安しかない。それでも右のブーツに銃を仕込み、左のブーツに予備の弾を忍ばせておく。

これでジュリを倒せるだろうか？　本当に？　自分に人を殺せるだろうか？

尽きぬ疑問が浮かんでは消えていった。できるなら使いたくないが、ジュリをどうにかしないとアーサーが殺されてしまう。アーサーのことを考えるとまた心が乱れる。何とかアーサーと話ができないだろうか？　ランスロットの話によれば、樹里を男たちから救ってくれたのはアーサーなのだ。処刑にするつもりなら、助けたりしないはずだ。

アーサーとランスロットが闘うのは、絶対に間違っている。王の命令でアーサーもランスロットと対峙《たいじ》するしかないのだろうが、丸く収める方法があると思いたい。

悶々《もんもん》と考えつつ、樹里は一階に向かった。城内は人々が慌ただしく走り回っている。樹里と会うと笑顔で挨拶してくれるが、その顔はどれも緊張でぴりぴりしている。昼にも現れる騎士団のことを考えているのだろう。

城壁を見て回ると、内側に侵入者避《しんにゅうしゃよ》けの杭を打っている領民がいた。万が一高い城壁を越えて敵が侵入した時のために、領民はあらゆる手を尽くしている。庭には何十頭もの馬が用意され、研ぎ職人が次から次へと剣を研いでいく。弓の状態を確かめる兵、敵が侵入した時の連携を確認する領民、さまざまだ。

ランスロットは城内を見て回っていた。よく通る声で指示を出し、兵や領民の質問に適切な答えを返している。

「樹里様、おはようございます」

声がかけにくくて躊躇《ちゅうちょ》していた樹里は、ランスロットから笑顔を向けられた。ランスロットは何事もなかったような笑みを浮かべ、黒馬を軽く走らせて樹里の前で降りる。今日のランスロットはしっかりと甲冑《かっちゅう》を身につけ、フルフェイス型のヘルムも抱えている。風になびくマントは騎士団のものだ。国を裏切ったわけではないと示しているのかもしれない。

「あまり眠れなかったようですね。どうぞ、お乗り下さい。私と一緒に領民を力づけてあげて下さいませんか」

ランスロットは樹里の腰を持ち上げ、黒馬に乗せる。そして樹里の後ろに跨《また》がると、馬上から忙しく動き回る領民に声をかけていった。昨夜のことをおくびにも出さないランスロットは本当に大人だと、樹里は改めて思った。

時間が経つにつれ、灰色がかった空から雲が遠ざかり、いつの間にか青空になっていた。起きた時にはまったく聞こえなかった鳥の声も戻っている。背中に感じるランスロットの身体は頼もしくて、不安を和らげてくれる。

「ランスロット、俺も一緒に闘わせてくれ」

何度も断られていたが、もう一度嘆願した。ランスロットはぴりっとした空気をまとい、首を振る。

「いけません。樹里様は城にいて下さい。バルコニーにも出ないでいただきたい。弓矢で狙われてはいけない」

樹里は塔を見上げた。樹里に与えられた部屋は塔の上のほうにあるが、あそこから銃で地上を狙えるだろうか？　樹里のいる部屋は建物で言えば、四、五階くらいの場所だ。ふつうに考えれば無理だ。この銃がライフルで、狙撃に自信があるならあそこでもいいのかもしれないが、初めての樹里には距離が長くなればなるほど不利だ。銃にはくわしくないが、樹里がもらった銃は多分トカレフだと思う。

「せめてあの部屋じゃ駄目か？」

樹里は二階にある小窓を指差した。二階の窓からでも距離はあるが、塔よりは確率は上がる。もしできないと思ったら、ひそかに下りて騎士や領民にまぎれて近づこう。戦の最中なら、きっと樹里に気づく者はいないはずだ。

「いけません。何か無謀なことをなさろうとしているようですが、断じて許しません」

思いのほか厳しい態度で拒絶され、樹里は鋭い洞察に舌を巻いた。ランスロットには樹里の考えなどお見通しのようだ。さすがと言うしかない。

どうやってジュリに近づくか悩みつつ、樹里はあちこちに視線を向けた。

「樹里様、あなたにはここにいてほしいと言いましたが……、もし私が倒れた時には、ショーンとアンディがあなたをラフラン湖にお連れします」

人けのない場所でふいにランスロットが言った。樹里は驚いて振り返り、ランスロットが何を言いたいのか察した。

ランスロットは自分が死んだら、樹里を逃がそうと考えている。あくまで樹里を思っての言葉に、何も言えなくなる。

「アーサー王子も、それ以上闘いを続けようとはなさらないでしょう。そうなった時、領民のことは心配はしておりません。ただ、ユーサー王の命令があるのであなたは捕らえられるでしょう」

ランスロットは遠くを見つめて言った。

ランスロットは、樹里にとって命の恩人だ。絶対に彼を死なせてはならない。それに——そうだ、中島《なかじま》から聞いたアーサー王物語に、アーサーがランスロットを殺したなんて話はなかった。

（あれ……っ、そういやどこかで似たような話が……）

中島の語ったアーサー王物語に、ランスロットとアーサーが対立した話があった気がする。確かランスロットがグィネヴィア王妃といい仲になって、処刑されそうになった王妃を城に匿《かくま》って……。

（えっ、俺がグィネヴィアのポジションにいんの⁉　不倫って俺とかよ！）

奇妙な符合に気づき、樹里は慌てた。似た話があったことを今になって思い出すなんて間抜けすぎる。懸命にその続きを思い出そうとしたが、ぼんやりとしか思い出せない。グィネヴィアのことは自分には関係ないと思っていたせいだ。確か……グィネヴィアはアーサーの元に戻り、ランスロットも許された気がするけれど。

「ランスロット、大丈夫だよ」

樹里は半ば自分に言い聞かせるように断言した。

「最悪の事態は訪れない。きっと大丈夫だ」

樹里は力強く言い切った。驚いたように自分を見ていたランスロットが、ふっと笑って肩を揺らした。ウエーブのかかったランスロットの黒髪が樹里の頬に触れる。

「そうですね、樹里様が言うなら大丈夫なのでしょう」

いつもの穏やかな笑みを浮かべ、ランスロットは馬を進ませた。

一通り見て回ると、昨日ラフラン湖へ水汲みに行った三人が、中庭で皆に水を配っている。ビールジョッキくらいの大きな青銅の杯《さかずき》に入った水を兵や農夫、領民が一口ずつ回し飲みしている。杯の水はまだ金色に光っていて、口にした領民たちが次々と目を輝かせ、身体が羽根のように軽い、力が漲《みなぎ》ると騒いでいる。樹里もランスロットと一緒に水を飲み、全身に力が行き渡るのを感じた。

「これは奇跡の水ですね……。樹里様、私はあなたは真の神の子と信じております。今日は、特別な一日となることでしょう」

ランスロットは王都の方角に目を向けて言った。金色の光に包まれた水は城内にいたすべての人の咽《のど》を潤した。どうか、皆が怪我《けが》せず無事に生き残れるようにと樹里は祈った。

突然、ラッパが鳴り響いた。とたんに城内に緊張が走り、慌ただしく動きだす。ランスロットは塔の上にいる兵を見上げた。

「西の方角に騎士団の旗あり！」

階段を駆け下りてきた伝令兵が、ランスロットに報告する。きたるべき時がとうとうきてしまった。樹里は黒馬のたてがみを握りしめた。ランスロットが素早く樹里を馬から降ろし、近くにいたショーンを呼ぶ。

「樹里様を部屋に。では樹里様、必ず後で会えると信じております」

ランスロットは優しい微笑みを浮かべ、馬の手綱《たづな》を引いた。

「城外で闘う者は私についてこい！」

ランスロットのよく通る声が響き、戦の準備をする兵士と領民が声を上げる。剣を腰に差した男たちが馬に乗り、雄叫《おたけ》びを上げながらランスロットに続く。城を守る者はそれぞれ持ち場につき、城外で闘う者は開いた門から馬を駆って次々と出ていく。ショーンに促されても、樹里はなかなかその場を動けずにいた。

最後の馬が出ていくと、男たちがすかさず門を閉ざして太い柱で閂《かんぬき》をかける。樹里はショーンに背中を押され、仕方なく部屋へ戻った。

部屋に入ると、急いでバルコニーに出て、周囲を見渡す。かろうじて見える辺りに、たくさんの馬が駆けてくるのが見えた。旗を持った騎士がいて、キャメロット王国の紋章と騎士団の紋章の入った旗をはためかせている。徐々に近づいてきて、馬が数百頭、歩兵も数えきれないくらいいる。歩兵は盾を持ち、長い槍を構えている。

樹里は組んだ手に汗をかきながら、騎士団が近づいてくるのを見ていた。

先頭にいるのは、おそらくアーサーだろう。金色の髪が輝いていた。ジュリはどこだろうと目を凝《こ》らして捜すと、後方に馬車が見え、そこにいるのだろうと推測した。

（ああもう、神様。頼むから、アーサーもランスロットも死なないようにしてくれ！）

バルコニーから見ていることしかできない自分に歯がゆさを感じる。

城壁の外ではランスロットを中心に馬上の兵たちが一列になっている。こちらの兵力は馬が三百頭、城内の領民たちが二百五十人ほどだ。数で言えば圧倒的に不利だ。城内にいるのはただの農夫が多く、万が一のために老人や子ども、女性は森に避難している。妖精王のいる森に騎士団は侵入しないと考えたのだ。

はらはら見守っていると、騎士団が肉眼ではっきり見えるところまで近づいてきた。アーサーが手を上げて騎士たちを止まらせ、数十メートルの距離を置き、ランスロット率いる兵と向かい合った。ランスロットはまだヘルムをつけず、まっすぐにアーサーを見つめている。

アーサーは騎士たちをその場に留め、ゆっくりと白馬を前に歩ませた。

「ランスロット、お前がさらった偽りの神の子をすみやかに引き渡せ！　これはユーサー王の命令である！」

しんと静まり返った中、アーサーが声を轟《とどろ》かせた。

ランスロットも黒馬を前に進ませる。

「私が保護している神の子こそ、真の神の子である！　よって彼を処刑するような真似は断じて許せない！　我々は真の神の子をお守りするため、闘いを辞さない覚悟だ！」

ランスロットも声を張り上げてアーサーに応える。

「……では、仕方ないな」

アーサーが硬い声で告げ、ヘルムを被った。同じようにランスロットもヘルムをつける。アーサーの白馬とランスロットの黒馬は一瞬だけ近づいて、ゆっくりと互いの陣営に戻った。

「ユーサー王のために！」

アーサーが剣を抜いて手綱を引く。

「神の子のために！」

ランスロットも剣を抜いて、手綱を引いた。その言葉を皮切りに、雄叫びを上げて、両者の馬が走りだした。

――闘いが、ついに始まったのだ。


互いの陣営の馬が一気に走りだし、中央でぶつかり合った。

金属音が響き渡り、騎士と領民たちが怒声を上げながら剣をぶつけ合う。騎馬兵が圧倒的に多く、ランスロットたちは明らかに苦戦していた。

けれどランスロットが腰から妖精の剣を抜き、一振りすると、あっという間に戦況が変わった。

眩しく光り輝く剣は、ランスロットが大きく振り下ろすだけで周囲の騎士を馬ごと遠くへ吹き飛ばす。その威力があまりにすごくて、騎士たちはランスロットに近づくことすらできなくなる。

「気をつけろ！　石だ！」

　アーサーの声とほぼ同時に、屋上から投石が始まった。騎士たちのいる場所めがけて大きな石を投げる。馬たちはいななき、騎士の命令も聞かず右往左往する。さらに弓矢も飛んできて、騎士たちは的を絞らせないように駆け回るしかなかった。騎士の中には隙をついて城壁に向かう者もいたが、ランスロットの剣によって落馬したり体勢を崩されたりして、城壁まではなかなか辿りつけずにいた。

「うおおおお！」

　ランスロットがカバーできない場所は、領民たちが命がけで守っている。投石をやめさせようと騎士団の弓矢部隊が屋上に向かって矢を放った。

「樹里様、離れて下さい、危険です！」

　樹里と同じく戦況を見守っていたショーンが矢に気づき、バルコニーにいた樹里を引っ張る。樹里は下から見られないように身を屈めたが、部屋には入らなかった。樹里の腕を引くショーンに抵抗してバルコニーの柱にしがみつく。

「まだ俺の姿、見られてないって。気をつけるから！」

　自分だけ安全な場所で待っていることなどできなくて、樹里は頑《かたく》なに言い張った。ショーンが諦《あきら》めて樹里の隣に身を潜める。

　男たちの咆哮《ほうこう》と馬のいななき、混乱した戦場の中、樹里はジュリの様子を窺《うかが》っていた。後方に停められた馬車からは、今のところ誰も出てこない。本当にジュリはいるのだろうか、ガルダやサンもいるのだろうか。

闘いは混戦を極めた。敵味方が入り交じって、味方に当たるのを恐れてか投石も見当違いの方向に落ちている。そのうちのいくつかの大きな石が馬車に向かって飛んでいったが、不思議な力に守られているかのように空中で変な角度に曲がって落ちていく。それを見て、絶対、馬車にいるのはジュリだと樹里は確信した。

樹里は布越しに隠した銃に触れた。

ここからでは遠くて当たらない。それにジュリを馬車から降ろさなければ、これは使えないのだ。

(どうすればあの馬車まで行ける？　それに奇妙な力を使われたらどうすればいいんだ？)

樹里は戦闘を見つめながらじりじりとした。

圧倒的な兵力差があったはずだが、妖精の剣と城からの攻撃によって力は拮抗している。アーサーは向かってくる領民を剣でなぎ倒すだけで、ランスロットと剣を交えてはいない。

それに――気のせいか、アーサーの様子がいつもと違う。

以前、武装集団と闘った時のような鬼気迫るものがないのだ。強いことは強いのだが、あの時のように一撃で相手を仕留めるような気迫が感じられない。どこか具合でも悪いのだろうか？全力を出せない理由でもあるのだろうか？

闘いが始まってから、そろそろ一時間が経つ。どちらも疲労してきて、動きも鈍くなっている。このままでは埒が明かない。今のところまだどちらにも死者は出ていないように見える。怪我を負った者は多いが、ランスロットの剣は騎士数人を遠くへ吹き飛ばすだけだ。落馬して戦闘不能になる者はいても、殺してはいない。同じようにアーサーもとどめを刺さず、二人とも手加減しているような戦いぶりだ。

馬上のランスロットとアーサーが互いの意思を確認するように視線を合わせる。

「一度馬を引け！　態勢を立て直す！」

アーサーの声が戦場に響き、騎士たちが剣を振りかざしつつも間合いをとって後退を始めた。領民たちに勝ち誇った笑みが浮かび、ランスロットも後追いをせず、馬を引かせる。

「やった……!!」

樹里は拳を握ってショーンと目を輝かせた。アーサーは戦況が硬直しているのを見てとって、兵を退けようとしている。このまま一時休戦となれば、話し合う時間を持てるかもしれない。樹里は離れ行く両陣営を見守っていた。

——その時、何か耳元でざわめきのようなものが聞こえた。

風が冷たく頬を嬲《なぶ》り、木々の上にいた鳥や虫たちが沈黙する。ラフラン湖の辺りから鳥がいっせいに飛び立ち、黒い雲が空を覆い始める。樹里は鳥肌を立てて、馬車のほうを見た。

馬車からゆっくりと少年が降りてきた。

ジュリだ。ジュリの後ろから目を赤く光らせたクロがのっそりと外に出る。騎士たちが驚いたようにジュリを振り返った。ジュリは金糸をふんだんに使ったきらびやかな衣装を身にまとい、薄いベールをつけた帽子を被っていた。騎士たちが戸惑う中、ジュリは優雅な足どりでこちらに向かってくる。

アーサーが何か声をかけたのが分かった。言葉までは聞き取れなかったが、馬上から困惑した様子でジュリを止めようとする。

ジュリはアーサーを無視して徒歩でランスロットに近づいてきた。アーサーがジュリに近づこうと馬を進ませると、クロが激しく威嚇する。

戦場は奇妙な静けさに包まれていた。ランスロットの陣営だけでなく、アーサーの陣営までが畏《おそ》れるようにジュリを遠巻きに見ている。

「偽の神の子を引き渡してもらおう」

ジュリはランスロットの前に立ち、手を伸ばして告げた。そして高い声で何かを歌い始める。ぞくりと怖気《おぞけ》が立つような人を不安にさせる歌だった。

ランスロットの兵の一人が、「偽者め！」とジュリに向かって剣を振り上げる。ジュリは指先をその兵に向けた。とたんに、兵が悲鳴を上げて馬の上で暴れだした。

「うぐあああぁっ‼」

手綱から手を離し、兵は自分の首を押さえてのた打ち回った。顔は真っ赤で、口から泡を吹き、ひどく苦しんでいる。周囲にいた兵たちが身動き一つとれずにいるうちに、兵は首を押さえたまま落馬した。痙攣《けいれん》して、数秒ののちにまっ黒くなった顔で動かなくなった。

——死んだ。

樹里は血の気が引いた。殺された男の近くにいた人間はパニックになった。ジュリは手も触れずに人を殺したのだ。恐怖に駆られた兵の一人が、馬を駆って、ジュリを殺そうと剣を掲げた。けれどその男もジュリが歌いながら手を伸ばすと、見えない力に引っ張られたみたいに馬から引き摺り下ろされる。地面の上で男はのた打ち回り、苦悶《くもん》の表情を浮かべ息絶えた。

歌は、きっと呪術だ。

「面妖な！」

ランスロットが剣を構えてジュリを斬ろうと黒馬を走らせる。振り返ったジュリは同じように手をランスロットに向けてかざした。ランスロットは馬を止め、苦しげに妖精の剣でジュリの攻撃を防ぐような姿勢をとった。

「妖精の剣か……」

忌々しげにジュリが呟く声が聞こえて、樹里は動揺した。

樹里のいる場所だと、大声の会話は聞こえるが、呟きや小声は聞き取れないはずだ。それなのに、ジュリの呟きだけはまるで耳元で囁《ささや》かれているように明瞭に聞こえてくる。どういうわけか分からない。しかも隣にいるショーンには聞こえていないようだ。

ジュリは片方の手でランスロットに対して力を使い、もう片方の手で他の領民から苦痛の声を上げさせた。ランスロットは動きたくても動けず、剣で魔力を防ぐのが精いっぱいのようだ。

樹里は、意を決して部屋に戻った。ショーンが追いかけてくる。

「樹里様、どこへ⁉」

ショーンが止めるのも構わず、樹里は全速力で部屋から飛び出した。

今、行かなければならない。

このまま隠れていたら、きっと外にいる領民は全員ジュリに殺されてしまう。行って勝てるとは思えないが、それでもこれ以上の殺戮《さつりく》を止めたくて、樹里は階段を走るように飛び下りた。自分をかばったばかりにランスロットの領民が殺されていくのをただ見ているだけだなんて、どうしても我慢がならなかった。一か八か、ジュリを銃で撃つ。

樹里は頭に血が上っていた。ショーンが必死に止める声が聞こえたが、無視した。建物から飛び出すと、門まで必死に駆けた。城内にいた領民たちは外で起きている異常事態に恐怖を感じている。樹里は門の傍で槍を構えている領民に向かって大声を上げた。

「門を開けてくれ!!」

樹里の声に門番が我に返ったように眉を寄せる。

「なりません、樹里様！　ランスロット様からそれは固く禁じられています」

門番はうろたえながらも樹里の願いを拒否する。樹里は自ら門に手をかけ、拒む門番を怒鳴りつけた。

「そのランスロットが死んだらどうすんだよ!!　いいから開けろ！　開けなきゃ皆殺しにされてしまう!!」

樹里は悲痛な叫びを上げた。

ジュリが恐ろしい相手だと分かっていたはずなのに、自分の甘さを痛感していた。ジュリには良心はなく、自分の邪魔をする者は次々殺していく気だ。樹里が出ていかない限り、やがては領民すべてを殺すだろう。

樹里の叫びに門番は雷に打たれたように身震いし、数人がかりで門を引いてくれた。

樹里は城外に飛び出した。

そこでまさに今一人の領民が瀕死の状態で悶《もだ》え苦しんでいた。そしてジュリは――そんな領民を見て唇の端を吊り上げている。

「やめろ、ジュリ‼」

樹里は走りながら怒鳴った。樹里の登場にその場がざわめく。ジュリが領民に向けていた手を下ろす。領民はぐったりと地面に横たわっていた。

「樹里様、いけません！」

馬上から見えない力と闘っているランスロットの悲痛な声が聞こえてきた。樹里は構わずジュリに向かって全力で駆けた。ちょうど波が引くように樹里とジュリの間に道ができた。今こそ銃を使う時だと、樹里は走りながらブーツに手を突っ込んだ。

「神獣よ、死なない程度にやれ」

動揺することもなくジュリが唇を歪めて呟く。またた、またジュリの声が耳元で聞こえた。それが何を意味するのか分からないまま、樹里は掴んだ銃をジュリに向けようとした。

ところが、それを見越したように樹里の横から銀の影が飛んできた。

「う……っ‼」

銀の影はクロだった。クロが爛々《らんらん》と赤く光る目で樹里に襲いかかってきた。凶暴な牙が樹里の右腕に食い込み、樹里は悲鳴を上げた。身体は地面に倒れ、クロの牙が腕の肉を食いちぎらんばかりだ。クロが本気で殺そうとしている事実、それに強烈な痛みに樹里は絶望的な気分になった。

銃が後方に転がった。あれがなければジュリを倒せないのに。

「やめろ、クロ！　俺が分からないのか⁉」

樹里は涎《よだれ》を垂らして腕に噛みついたまま離れないクロに声を張り上げた。悲しくて悔しくて情けなくて涙が滲む。クロは樹里の身体に太い脚を乗せ、唸《うな》り声《ごえ》を上げている。

「神の子、即刻その奇妙な術を解け！　このような戦い方は騎士道に反する‼」

惨状を見かねたアーサーが割って入り、ジュリに向かって大声で言った。騎士たちはこの異様な状況に呑まれて、身じろぎ一つしなかった。

「ユーサー王に刃向う者たちを、生かしておく必要がありましょうか」

ジュリはアーサーの命令など歯牙にもかけず、クロに押さえつけられている樹里を見下ろして淡々と言った。そして立ち尽くしている領民を蛇が獲物を見るような目で見る。

本気で全員殺す気だ、と樹里は血の気が引いた。

ジュリを殺すどころか、止めることさえできなかった。このままジュリに次々と領民を殺されていくのを見ているしかないのだろうか。絶望的な思いで樹里は涙を流した。クロは今にも樹里の腕を噛み千切りそうで、痛みに意識が遠のきかける。

「神の子！　俺の命令が聞けないというのか⁉」

いきり立ったようにアーサーが馬を近づけ、ジュリの腕を摑んだ。ジュリの目が苛立ったように細くなり、その手がアーサーに向けられる。アーサーまでジュリの呪術にかかってしまう、そう思ったら痛みを凌駕《りょうが》する怒りが湧き起こった。

(誰か、誰でもいい、助けてくれ——)

樹里は全身で神に祈った。すると、それに呼応するかのように、一陣の風が吹き抜けた。

「……っ?」

ジュリが眉を顰《ひそ》めてラフラン湖を振り返る。

突然、圧倒的な力が押し寄せてきた。強い光が、天から降ってきて、樹里たちのいる戦場を二分した。神に剣があるなら、きっとこんな感じだ。白く輝く光が線を引くように樹里たちのいる場所から騎士たちがいる場所を分けた。その光を避けるように、ジュリが素早く退いた。

樹里はクロごと光に吹き飛ばされた。光の線上にいた騎士や領民も、弾かれたように転がる。大きな力は敵も味方も二つに分けるようになぎ倒していったのだ。

しかし、その光は悪《あ》しきものではなかった。

光に弾かれたクロが一回転して起き上がった時には、その双眸《そうぼう》から赤い光が消えていた。クロは飛び上がって毛を逆立てると、ついで樹里の腕から流れる血を見て、情けない声で鳴きだした。クロはいつものクロに戻っていて、悪かったと謝るように、必死に樹里の腕を舐《な》め始《はじ》めたのだ。

「クロ……」

樹里は自分の知っているクロが戻ってきたのを感じ、その身体を抱きしめた。

「おお……」

ざわめきが起き、樹里は背後を振り返った。

光でできた道を歩いてくる男性がいた。膝まで伸びた長い髪に、白く整った顔、聡明な光を宿した碧色《みどりいろ》の瞳、荊《いばら》の冠、金色に輝くマント——男性が人間ではないのは樹里にもすぐ分かった。男性の耳は尖《とが》り、髪の色は銀色で、着ている衣服も見たことがないような輝きを放っている。極めつけに、男性の身体そのものが淡く発光している。

「妖精王……‼」

呪縛から解かれたランスロットが驚愕《きょうがく》して叫ぶ。妖精王という言葉に、その場にいた者たちがすべて馬から降りた。神々しさに圧倒されたように、平伏する。アーサーでさえ馬から降りて剣を収めた。

「この地を血で汚すことは許さぬ。妖精王の名において命じる。皆の者、即刻この場を去り、王都へ戻れ」

妖精王は樹里の前に立つと、静かな声で告げた。不思議な声だった。二重にも三重にも聞こえる。

樹里はハッとしてジュリを捜した。けれどジュリの姿はどこにもなかった。確かにさっきまで近くにいたのに、今はどこにもいない。よくよく見ると、ジュリを乗せていた馬車も見当たらない。

「王都に帰還する！　怪我人を集め、剣を収めよ！」

アーサーは妖精王の命令に応じて、騎士たちを引かせた。呆然としていると、妖精王が怖いほどの威圧感を漂わせて樹里を見下ろした。どきりとして樹里は身を起こそうとしたが、腕の痛みに悲鳴を上げた。

「樹里！」

アーサーが駆け寄ろうとしたが、それを制するようにランスロットが立ちふさがる。アーサーは唇を嚙み、すぐに踵《きびす》を返し、騎士と共に兵を引き揚げる。

樹里は目の前に立つ妖精王を見上げた。いきなり怒られたらどうしようと焦ったが、妖精王は何も言わず、樹里の怪我した腕にすっと触れた。妖精王の手が腕に触れると、みるみるうちに怪我が治っていく。樹里は啞然として、すっかり元通りになった腕を凝視した。少し前に地下通路で怪我した手のひらの傷まで綺麗に治っている。

「あ、あ、ありがとう……ございます」

妖精王の力に圧倒された。妖精王のオーラがすさまじくて、とても目を合わせていられない。

樹里は立ち上がると、倒れている領民たちを指差した。

「お、お願いします、彼らも助けてほしい！」

妖精王の力なら領民たちも助けられるのではないかと思い、樹里は必死になった。妖精王は地面に倒れている領民たちを静かに見つめた。無言のまま物憂げな様子で歩きだした妖精王は、倒れている何人かの領民に手をかざした。

「おお、怪我が治ったぞ！　妖精王、ありがとうございます‼」

瀕死の領民を抱えていた男が、歓喜の声を上げる。樹里を治したように、妖精王は倒れている数人の身体から苦しみを取り除いた。けれどすべてではない。妖精王は息絶えている領民を一瞥《いちべつ》し、首を横に振った。

「人間は一つの命しか持ち合わせておらぬ。心《しん》の臓《ぞう》を止められた者まで助けることは叶わぬ」

妖精王の言葉に、仲間を殺された領民たちが悲痛な声を上げる。

騎士たちはすでに遠く離れていた。樹里たちは怪我人を助け、事態の収拾を図ろうとした。

「妖精王……、こたびのこと、まことに申し訳ありませぬ。妖精王がおいでにならなかったら、我々は皆死んでいたでしょう」

ランスロットは妖精王の前に跪《ひざまず》き、礼を述べた。樹里は今になって足ががくがくしてきて、よろけるように銃を拾ってブーツにしまうと、何とか妖精王の前に跪いた。クロも樹里にならって隣に伏せる。

「ありがとうございます。助けてくれて……、クロも元に戻ったし、その……俺は樹里といって」

妖精王に名乗ろうとしたが、軽く手で制された。妖精王は傍にいるだけですごいプレッシャーを感じるが、この土地に住む者を守ってくれる存在だということも分かった。樹里が顔を上げると、深い湖を連想させる瞳で樹里を見下ろす。

「お前のことはお前が存在し始めた頃から知っている」

樹里は意味が分からず困惑した。

「人の営みには口を出すまいと思っていたが、モルガンの野望は止めねばならない。あれは……

私が現れるやすぐに身を消したジュリは邪悪な存在。この世の均衡を崩すものだ」

妖精王は王都のほうに目を向け、静かに言った。樹里は鼓動が速まって息苦しくなった。妖精王もジュリの存在を邪悪なものと言う。

「あの者は魔女の子どもなのですか」

ランスロットが険しい表情で妖精王に尋ねる。妖精王は静かに頷くとちらりと樹里を見た。樹里はまだ先ほど言われた言葉の意味が理解できず混乱していた。何故妖精王は自分を知っているのだろう。自分はこの世界の住人ではなく、別の世界から来たというのに。

「お前はその鉄であの者を殺そうとしたのか？」

ふいに妖精王に聞かれ、樹里は固まった。妖精王は樹里のブーツに挟んだ銃のことも知っているようだった。

「はい、あの……使ったことはないんですけど、これでなら倒せるかなと思って」

銃を使う後ろめたさもあって、樹里はうつむいてしどろもどろになった。ランスロットは銃を知らないので、いぶかしげだ。

「……お前はあの邪悪なものを殺したいのだな？」

妖精王に聞かれ、樹里はおそるおそる顔を上げた。何だか裁判官に申し開きしているみたいだ。樹里はそんなことを考えつつ、思ったことを正直に口にする。きっと隠しても妖精王はすべて見通している。だったら素直に言ったほうがいい。

「ジュリは……この国を滅ぼしてアーサーを殺すらしいんです。俺はそれを止めたくて……、俺にも責任があるし……」

樹里が答えると、何故か妖精王は憐《あわ》れむように樹里を見つめた。

「……お前の考えは分かった」

妖精王はそう言うなり背中を向けた。

このまま去っていきそうな気配を感じ、樹里は慌てて引き留めた。

「待って下さい、聞きたいことが……っ、何で俺のことを知ってるんですか……？　もしかして俺が妖精の言葉が分かる理由も知ってるんじゃないですか？　他にも、不思議な」

妖精王は自分の知らないことを知っている気がして、樹里は懸命に言った。妖精王は不思議な目で振り返り、吐息をこぼす。

「それはお前が神の子と同じ魂を持つ者だからだ。くれぐれもこの地を血で汚すな。妖精は清らかな場所にしか棲《す》めない。この地に結界を張ろう。あのジュリという少年とモルガンはこの地を踏めなくなる」

妖精王はマントを翻《ひるがえ》した。ふわりと布が揺れたと思う間もなく、妖精王は空高くに浮かんでいた。

妖精王が自分と神の子は同じ魂を持つ者だと言った。そんな馬鹿な。とはいえ以前にも似た言葉を聞いた。あれはマーリンだったか、樹里を神の子と同じ魂を持つ者と言っていた。ますます意味が分からない。樹里は立ち上がり、妖精王に声を張り上げた。丁寧にしゃべっている場合ではない。

「ちょっ、ちょっとーっ、行っちゃうの⁉　一緒に闘ってくれないのかよ⁉」

今にも姿を消しそうな妖精王に呼びかけると、振り返ってくれた。

「時がきたらまた現れようぞ」

妖精王は空に消えた。樹里は引き止めるように宙を掻いた。モルガンの野望を止めると言ったのだから、てっきり一緒に闘ってくれると思ったのに。樹里が「何だよ、ケチ」とぶつぶつ文句を言うと、跪いていたランスロットが驚きの顔で樹里を見つめてきた。

「妖精王に臆しないとは……さすがです」

ランスロットは変なところに感心している。立ち上がったランスロットは荒れた地面を見て、ようやく肩から力を抜いた。妖精王の姿が消えて、固唾《かたず》を呑んでいた領民たちもめいめい動きだした。

「とりあえず危機は去りました。妖精王の結界があれば、この地にあの恐ろしい少年が来ることはないでしょう。それにしても……」

ランスロットはジュリの力を思い出したのか、ゾッとしたように首もとに手を当てた。

「なんと恐ろしい少年か。妖精の剣がなければ、私も心の臓を止められていたでしょう。……大切な領民も失ってしまいました」

ランスロットが倒れている領民を悲しげに見つめる。樹里も犠牲者が出たことに胸を痛めた。亡くなった領民は四人。騎士団が遠くへ去ったので、城門から人々が出てきて、亡くなった者の周囲に駆け寄って泣いている。

死んだ者はどうにもできない。

樹里は重い足どりで、ランスロットと共に歩きだした。


怪我人の手当てや闘いの後始末で、夜になっても城内は騒がしかった。

領民たちの間では妖精王の話で持ちきりだった。妖精王に守られたことで、樹里に対しても領民はいっそう心を寄せた。死者が出たというのに、誰一人樹里を責める者はいなかった。

それはジュリの力があまりにも禍々《まがまが》しかったせいもあるだろう。ユーサー王は偽の神の子に騙されていると皆が口々に言う。樹里こそ本物の神の子だとますます信じ込んだようだ。真実は違うのに、こうなったのはひとえにジュリの冷酷な行いのせいだ。魔女の子であるジュリにとっては、人の心などどうでもいいことなのかもしれない。

領民は自分たちに正義があると確信したようだ。

妖精王の存在は樹里にとっても心強かった。これからどうやってジュリを倒せばいいのかは分からないが、妖精王という後ろ盾があると思えば少し安心できる。

それに、クロが戻ってきた。

クロは凶暴な獣から、樹里のよく知るのんびりした元のクロに戻ってくれた。領民は怯《おび》えて近づかないが、そのうちクロが凶暴な獣ではないことを分かってくれると思う。クロは樹里を噛んだことを悔やんでいて、いつもはぐいぐいくっついてくるのに、今は遠慮するように一歩下がってついてくる。妖精王に治してもらったおかげで傷は綺麗に消えているが、クロはしきりにぺろぺろそこを舐めるのだ。

「樹里様」

夜更けすぎに、ようやく一段落ついて樹里は部屋に戻ることにした。怪我人の手当てをしていたのでへとへとだ。階段に向かった樹里は、ランスロットに手招きされてひそかに城の外に出た。

「お乗り下さい」

門の脇に繋いであった黒馬に樹里を乗せ、ランスロットが手綱を引く。クロは馬が怯えないように、少し離れた。

何が何だかよく分からないまま、樹里は馬に乗って城から離れた。

暗闇の中、ランスロットは松明《たいまつ》を掲げ、黒馬を誘導した。馬はゆっくりと小高い丘を下っていく。

「どこへ行くんだよ？」

ラフラン湖に向かっているような気がする。樹里はまさかと思い、ランスロットを見た。

「俺、まだ帰らないぞ？　こんな状態で帰るほど薄情じゃ……」

ランスロットは樹里を元の世界に帰そうとしているのではないかと思ったのだ。憤慨する樹里に、ランスロットは苦笑する。

「違いますよ。……今日の戦、あの少年が現れるまでは、死者が出なかったことに気づきませんでしたか。闘いを宣言した時、アーサー王子が小声で私にこう言ったのです。なるべく犠牲者を出さぬよう闘おう、と。私はその一言で、アーサー王子がある程度闘った後、兵を引いて王都に戻る心づもりだと察しました」

ランスロットが暗がりの中、淡々と語る。

そういえば最初のうちは、大きな怪我を負う者は出なかった。アーサーはこの闘いに乗り気ではなかったのだ。本気で攻めようとしなかったというだけで救われた気がして、樹里は頬を弛めた。

ふと見ると、湖岸に明かりが灯っている。

誰かが明かりを持って立っているようだ。

「どうぞ、樹里様。ほんのひと時しかありませんが、お会いになって下さい」

馬を止めると、ランスロットは樹里を馬から降ろしてくれた。高揚感を覚えつつ、樹里は明かりのあるほうへ足を進めた。

「アーサー……!!」

湖岸に立っていたのは、甲冑《かっちゅう》をまとったアーサーだった。樹里はアーサーの元に駆け寄った。暗闇の中でも樹里にはアーサーが輝いて見え、思わずその胸に飛び込んでしまった。アーサーは火の灯ったランタンを地面に置き、たくましい腕でしっかりと樹里を抱きとめる。

「樹里……、お前を責めてすまなかった」

樹里を胸に抱き、アーサーが声を絞《しぼ》り出《だ》す。樹里はアーサーの顔を見上げ、唇を噛んだ。もう二度と言葉を交わすことはないと思っていた。そのアーサーが今、目の前にいる。しゃべりたいこと、言わなければならないことがたくさんあって、樹里は胸に熱いものが迫《せ》り上《あ》がってきた。

「アーサー、あいつは……っ、ジュリは……っ」

ジュリが危険な存在だとどうやって伝えようと、樹里はもどかしげに言葉を探した。するとアーサーは樹里の唇を指で撫でて言葉をふさぐ。

「分かっている、ランスロットからもついさっき聞いた。今日のあの禍々しい力を見れば、俺でも分かる。あいつはとても危険だ。神の子を騙《かた》っているのはあいつのほうなのだろう」

アーサーは悩ましげに瞳を細める。偽の神の子は自分なのだが、今この場で口にするのはやめておいた。

「父王には事実を話す。妖精王のことを聞けば、いかに父王といえども、お前を処刑するとは言わないはずだ。一日も早くお前を王都に呼び戻し、あの偽りの神の子を倒すつもりだ。少しの間、待っていてくれるか？　俺の心はお前と共にある」

アーサーは熱っぽく樹里を見つめた。樹里は戸惑いを隠しきれなくて、つい黙り込んでしまった。自分は偽物で、いずれすべて終わったら元の世界に帰るつもりなのに、ここで頷いてもいいのだろうか？　急に分からなくなった。

「アーサー、俺は……」

ジュリを倒すことは、アーサーの命を救うことに繋がるから、今は話を合わせるべきだ。樹里はそう考え、アーサーの胸に頭を押しつけた。アーサーの手が髪を撫で、屈み込んでくる。

「樹里……」

大きな手が耳朶《じだ》に触れ、アーサーの吐息が唇に落ちる。アーサーにきつく抱きしめられ、樹里は隙間もなくくっつきたいような、それでいて今すぐ離れたいような矛盾した心を抱えた。

「……牢《ろう》で俺を助けてくれたんだな」

樹里はアーサーの胸に顔を埋《うず》めたまま、ぼそりと呟いた。

「怒っているのか」

予想外の質問をされ、樹里は顔を上げた。アーサーは困ったようなそぶりをしている。

「釈明もさせずに斬るのは、嫌なんだろう？　あの時はお前が襲われているのを見て、激昂《げっこう》した。考える間もなく、殺してしまった」

言いづらそうに答えるアーサーに、樹里はつい口元に笑みを浮かべてしまった。以前、樹里は刃向かわない限り殺さないでほしいとアーサーに頼んだことがあったのだ。それを覚えていてくれたとは思いもしなかった。

「怒ってない、俺のためにごめん。助けてくれてありがとう……」

樹里がアーサーの背中に腕を回して言うと、すぐに唇をふさがれる。何度もしているのに、未だ慣れない。アーサーとキスをすると鼓動が跳ね上がって、思考が上手く回らなくなる。

「樹里……このまま連れて帰りたい」

キスの合間にそう漏らし、アーサーがきつく唇を吸う。深く重なった唇から、舌が伸びて内部に侵入する。アーサーの舌が口内に潜ってくると、下肢が熱くなりそうで困る。樹里は息遣いが荒くなるのを厭《いと》い、アーサーの胸を押した。

「こ、こんなとこで……」

待たせているランスロットが気になって、樹里はアーサーから顔を背けた。ランスロットは遠く離れた場所でクロと一緒にいる。

「ランスロットと寝たか？　今回ばかりは怒らないでやるから正直に言え」

樹里の腰を抱えながら、アーサーが目を眇《すが》める。樹里はムッとしてアーサーを睨《にら》みつけた。

「違う、そういう意味じゃない。アーサーこそ、あいつを抱いたんだろ？　あいつがすごかったって言ってたぞ！」

ジュリの言葉を思い出して目を吊り上げて怒ると、心外だと言うようにアーサーの目もキッと吊り上がる。

「俺がいつあいつと寝たって？　そんな嘘に騙されるとは俺を信頼していない証《あかし》だ！　俺はあいつには指一本触れていない！　顔は似ていてもお前とはまるで違う、俺が誰にでも盛ると思っているのか、お前は！　第一、あいつは俺が拒否したらモルドレッドに言い寄ったんだぞ、そんな尻軽、相手にできるか！」

甘い雰囲気があっという間に消えて、アーサーがすごい迫力で反論してくる。牢で聞いた話はジュリの嘘だったと知り、樹里は胸を撫で下ろした。怒ったりしたのが馬鹿みたいだ。安心したがそれを顔に出さないようにして、樹里はそっぽを向いた。

「だってあいつがそう言ったから……、アーサーだって誤解してる。俺は誰とも寝てない。大体

ランスロットはアーサーと違って高潔な男なんだぞ、俺がアーサーを好きだって言ったら、何もしないで去っていったんだからぁ。マジ男の中の男、誰かさんと違って」

口を尖らせて樹里が文句を言うと、アーサーが頬をつねってきた。何するんだと頬を膨らませると、アーサーが子どもみたいな笑顔で樹里を見ている。

「やっぱり俺のことが好きだろ、お前」

ニヤニヤしてアーサーにからかわれ、樹里は真っ赤になってアーサーの手を叩き落とした。

「知らねーよ、もう！」

樹里がふてくされて立ち去ろうとすると、アーサーが背後からぐっと抱きしめてくる。首の辺りにアーサーの吐息がかかり、樹里はまた自分の鼓動がうるさく感じられた。

「樹里、またこうしてお前を抱きしめることができて嬉しい」

樹里の耳朶に唇を寄せて、アーサーが囁く。樹里はドキドキが収まらなくなって、顔を紅潮させた。こんなふうに男に抱きしめられて赤くなる自分が信じられない。何度も抱かれるうちに脳がいかれてしまったのかもしれない。

「アーサー……」

樹里が顔をわずかに向けると、アーサーの吐息が頬にかかり、そっと唇が押しつけられた。アーサーの唇は樹里の頬から探るように唇に回ってくる。さっき嫌がったせいか、今度のキスは優しく、触れるだけのものだった。

「樹里、俺はお前がいい。神の子かどうかはどうでもいい。お前が好きだ」

そう言うと、アーサーが樹里の唇を深く吸ってきた。樹里は甘い言葉に抵抗できずに、アーサーのキスに応《こた》えるように腕を回した。神の子でなくとも好きだと言われ、胸が熱くなる。今の自分にとって、必要な言葉だった。

自分の世界に帰るのはひとまずお預けだと樹里は決めた。

偽の神の子を演じた以上、ジュリの企みを止める責任があるし、何よりもアーサーを守りたい。アーサーが殺される未来を変えたい。

「野営から抜け出してきたから、そろそろ戻らなきゃまずい。……俺はこの国に必要なのはあの少年ではなくお前だと思う」

唇が離れると、アーサーは名残惜《なごりお》しげに樹里の頬を撫でた。もうお別れかと樹里は寂しくなった。

「妖精王が現れた直後、あいつはいち早く王都に戻った。俺も王都に戻り、父王にあいつこそが偽物だと進言するが、証拠がないし、上手くいくかどうかは分からない。あいつと会ってから、父王は様子がおかしい。ひどく神経質になっているというか……」

アーサーは物憂げに地面のランタンを手にした。ランスロットに合図すると、クロと一緒にこちらに近づいてくる。

「どうも嫌な感じだ。しばらくお前はここにいろ。あの少年の奇妙な力は、一筋縄ではいかないものだ。慎重に事を運ぶためにも、彼を傍に置いてほしい。……本人がお前たちと行動を共にすることを希望しているんだ」

ランスロットとクロが樹里の隣に立つと、アーサーが暗がりに向かって口笛を吹いた。近くに誰かが潜んでいたとは思いもせず、樹里は心底びっくりした。

そして暗闇から姿を見せた男を見て、さらに驚いた。

「マーリン……!!」

樹里は黒いフードつきのマントを羽織った長身の男に、声を上げた。

アーサーが呼んだのは、よりによって魔術師マーリンだったのだ。何度も樹里を殺そうと策を巡らせた男だ。樹里は疑惑に満ちた眼差しでマーリンを凝視した。

「俺はもう行く。何かあったらマーリンが連絡をとることになっている。こいつなら距離が離れていてもすぐに連絡できる術《すべ》を持っている。マーリン、樹里を頼んだぞ。樹里に何かあったら、まずお前を責めるからな」

アーサーはマーリンに向かって口早に告げる。マーリンはそれに対して「お任せを」と頷く。

「樹里、俺は必ずお前を王都に連れ戻す。信じて待っていてくれ」

アーサーは樹里の身体をぎゅっと抱きしめると、皆の見ている前だというのに樹里に熱いキスをした。脛《すね》を蹴ろうとしたが、素早いアーサーはさっさと近くに繋いでいた白馬に跨る。

「ランスロット、マーリン、樹里を頼んだぞ」

アーサーは王子らしく二人に命じると、手綱を引いた。この暗がりの中、馬を走らせるのは容易ではないと思うが、アーサーの白馬はあっという間に闇に消えていった。

残された樹里はランスロットの背後に隠れ、うさんくさげにマーリンを見た。クロはマーリンに対して戦闘態勢をとっている。いつでも飛びかかれる状態だ。ランスロットも油断なく腰の剣に手をかけている。

「どういうつもりだ、マーリン。何が狙いだ？」

樹里が不審も露《あらわ》に聞くと、マーリンが肩をすくめて両手を広げる。

「休戦協定だ、海老原《えびはら》。不本意ではあるが、しばらくお前を殺すのはやめにする。アーサー王子にとって一番の脅威が甦ってしまったからな。まずはあいつを倒すことに全精力を注ぐ」

久しぶりに海老原と呼ばれ、樹里は生徒だった頃の気分に戻って顔を歪めた。休戦協定と言っているが、信じていいのだろうか？

「マジで言ってんの……？」

樹里はうろんな目つきでマーリンを見た。

「ジュリを殺したいという目的は一致していると思うが？　俺を疑うのは当然だが、あのジュリを仮死状態にするまでお前に手は出さないと誓おう。心配なら、血の契約を結んでもいい。それほど俺も本気なのだ。ジュリは簡単に倒せる相手ではない。ひとまずお前たちと協力して、奴を倒す。その後でお前を殺すことになるかもしれんが、その時はちゃんと始まりの合図をするから安心しろ」

「安心できるか！」

身勝手な言い分に突っ込みを入れて、樹里は唸《うな》り声《ごえ》を上げた。到底信じられる人物ではないが、確かに今は利害が一致している。それに樹里だって強力な味方が増えるのは有り難い。特に今はガルダもいないのだから。

「絶対、寝首とかかかないだろうな？　なんちゃってーとか言ってやったら怒るぞ。大体中島のことだって許してないんだからな」

まだ信じ切れなくて樹里が文句を言うと、マーリンはじろりと樹里を見る。

「くどい奴だな。休戦すると言っているだろう。何度も言うが、ジュリはモルガンの血を色濃く受け継いでいる。まずは奴を倒す方法を見つけなければならない」

マーリンに断言され、樹里はとりあえずマーリンと休戦協定を結ぶことにした。マーリンはジュリを倒すまでは樹里を狙わないと誓った。

それまで黙ってマーリンを見ていたランスロットが気になった様子で口を開いた。

「あの少年を仮死状態にするというのは、どういう意味でしょうか？　とどめを刺してはならない理由でも？」

ランスロットはマーリンの言葉にひっかかったらしい。マーリンは大きなため息をこぼし、ランスロットを見やった。

「ジュリは殺せない。いや、死なない魔術が施されている。だから俺が一度は呪術で殺したはずがこうして甦ってしまった。ずっと奴の身体を捜していたが、ガルダが巧妙に隠していたようだな。甦る前に身体をどうにかして手に入れたかったのだが……」

マーリンが悔しそうに言い、樹里は小部屋に隠されていた棺《ひつぎ》を思い返した。

「そういや焼いても焼けないし、ちっとも腐らない不思議な遺体だってガルダが言ってた。殺せないなんて、厄介な奴だな」

ジュリを倒す困難さを思い、樹里は憂鬱《ゆううつ》になった。手も触れずに人を殺せる上に、死なないなんて。

「一体どうすりゃ死ぬんだよ？」

樹里が呟くと、マーリンは鬱陶《うっとう》しそうにちらりと樹里を見ると無言で歩きだした。ランスロットと樹里も一緒に歩きだす。クロはまだマーリンを疑っているらしく、牙を剝き出しにしたままついてくる。

「それは奴を仮死状態にできてから、話そう。甦ったのはモルガンの力に違いない。ジュリとモルガンとは別々に闘いたいが、そうもいかないだろうな。ジュリが甦った以上、モルガンが乗り出してくるのも時間の問題だ」

マーリンは暗闇でもすいすい歩く。松明を持っているのは後ろを歩いているランスロットなのだが、マーリンに明かりは必要ないようだ。しかもちゃんとランスロットの城に向かっている。

「何だよ、秘密主義だな。それよりアーサーの傍にいなくていいのか？　王都にジュリもいるってのが不安なんだけど……」

樹里はもう一つ気になっていることを聞いた。アーサーはユーサー王に事実を語ると言った。立場が悪くなることを恐れたジュリが、アーサーを手にかける心配はないのだろうか？

「それについては俺も不安だが、どうにもできない。ジュリに報復される可能性が高いから俺は王都にいられないからな。以前ジュリを倒せたのは、あいつが俺の裏切りを知らなくて油断していたせいもあるのだ。今のジュリは俺の裏切りを知っている。だから先にジュリを殺《や》るしかないんだ。一応アーサー王子には守り手となるものをつけてある。どこで誰が聞いているか分からないから、それが何かは言えないがな」

　マーリンがかったるそうに答えた。複雑な事態に樹里の頭はこんがらがった。けれどマーリンの言う通り、ジュリが自分に呪術をかけた相手を許さないということは分かる。マーリンがこちら側についた理由も納得できた。妖精王の結界が張られたこの場所なら安全というわけだろう。

「ガルダは……やっぱり敵なのか？」

　樹里は聞きたくて聞けずにいたことを、思い切って口にした。ガルダには何度も助けられたし、今でも裏切られたとは思いたくなかった。

「質問ばかりだな、少しは自分で考えろ。お前を騙すのは赤子を騙すより容易《たやす》い。そんなことだから、ガルダに利用されるんだ」

　マーリンは容赦ない。樹里はぐうの音も出なくて、うつむいた。ランスロットがなぐさめるように樹里の肩に手をおいた。

「あんたのこと、頼りにしていいんだな？　強力な魔術師なんだろう？　ガルダもいないし、あいつに対抗するにはあんたの力が必要だ」

　樹里は足を止めて、最後の質問をした。

　変なことになってしまったが、ジュリを倒すためには力を合わせて頑張らなければならない。次にジュリとまみえた時、今日のように幸運が続くとは思えない。だからこそ確実な力が必要なのだ。

「ガルダ？　あんなヘボい術師と一緒にするな。お望みとあらば、ここを朝まで明るく照らしてやってもいいんだぞ」

マーリンが馬鹿にしたように言うと、にやりとした。その不敵な笑みに頼もしさを感じてしまって、樹里はランスロットと共に力強く一歩を踏み出した。

8 魂分け

Soul divided

二階の小窓から外を覗くと、中庭で樹里《じゅり》が領民と話しているのが見えた。

マーリンは黙ってその姿をしばらく観察した。樹里という少年は神の子と呼ばれて敬われている身だが、気さくに領民と話しては、笑っている。男とはいえ綺麗な顔をしていて、見るものを魅了する輝きと人懐《ひとなつ》こさを持っている。同じ顔のはずなのに、ジュリとは何かが確実に違う。

樹里は騎士団との戦が終わった後、積極的に領民と触れ合い、一週間も経つとまるで何年も前からここにいたような態度で生活し始めた。領主であるランスロットの尊敬と愛情を一身に受けているせいかもしれないが、領民の樹里を見る目には尊敬と親しみがこもっている。

そういう点は、マーリンの敬愛するアーサー王子と似ている。

マーリンは目を細めた。樹里を何度も殺そうとしたにも拘《かかわ》らずいつも邪魔が入って手にかけられなかった。

「マーリン殿、どうかなさいましたか」

背後から声をかけられ、マーリンは振り返った。

いつの間にかランスロットが背後にいた。相変わらず静かな威圧感と、隙のない身のこなしだ。

衣服の上からも鍛えた身体つきなのが分かる。

騎士の誉れと名高いランスロットは、樹里を守るため、王家に刃向かい、自分の領地に立てこもった。あの樹里という少年にそれほど価値があるとは思えないが、ランスロットは自分の命も顧みず、反逆した。樹里を牢《ろう》からさらったのがランスロットだと知った時、マーリンは絶句した。右に並ぶ者がないと言われるほど王家に厚い忠誠心を寄せたランスロットが、まさかと思ったのだ。

アーサー王子の心も奪ったし、樹里の力はどんな力なのだろうか？　顔は確かに綺麗だが、生意気な目をするし、言葉遣いも綺麗とは言い難い。モルドレッド王子も心酔していたし、樹里には顔以外にも男を惹《ひ》きつける何かがあるのかもしれない。

「いや、いい天気だと思ってね」

マーリンは皮肉げな笑みを浮かべ、ランスロットの肩をポンと叩いた。

アーサー王子に頼み、こちら側に加えてもらったのはひとえにジュリの報復を警戒してだ。甦ったジュリはますます力が強くなり、枷《かせ》を外された獣のように自由に暴れ始めている。王都に残したアーサー王子の身が心配だったが、今はここにいてジュリを倒すほうが大切だ。

ランスロットの城は警護も固く過ごしやすかった。今日もこの後、会議が行われる。ジュリをどうやって倒すか——大きな問題だ。

「マーリン殿、あなたはモルガンの子、ジュリを殺す方法をいずれ教えると言いましたね」

この場を立ち去ろうとしたマーリンは、鋭い声に呼び止められた。石造りの長い廊下には、今、マーリンとランスロットしかいない。

「それが何か？」

マーリンが足を止めて振り返りもせず聞き返すと、ランスロットが背後に近づいてくる。

「あの時のあなたの表情が気になるのです。その殺す方法——樹里様の耳に入れたくないのでは？」

ランスロットに静かな声で聞かれ、マーリンはかすかに舌打ちした。ランスロットは武力に長《た》けているだけではなく、聡明で勘が鋭い。単純で馬鹿な樹里なら気づかない些細なことにも、この男は気づく。

「それが何か、今、教えてもらうわけにはいきませんか？」

重ねて問われ、マーリンは唇を歪めた。

もし真実を話したら、ランスロットは間違いなくジュリを倒す計画から外れるだろう。それは絶対に困る。この妖精の剣を操る国一番の剣の使い手がいなければ、ジュリを倒せる可能性はますます下がるのだから。

「あの場で言えなかったのは、ひとえに彼の性格を慮《おもんぱか》ってですよ。うっかり漏らしたら危険な手順を必要とするものでね。モルガンの子ジュリを真に滅ぼすには、どれほど用心してもし足りない。すべてはジュリを仮死状態にした後の話。それまでは勘弁していただきたい」

マーリンは振り返り、微笑みを浮かべてランスロットに答えた。聡明なランスロットだが、魔術に関する知識はほぼないのを知っている。知らない世界のことを、これ以上突っ込めないことも計算済みだ。

「そうですか……分かりました。お引き止めして申し訳ない」

案の定、ランスロットは渋い顔ながらも引き下がった。マーリンは一礼してランスロットに背を向けた。

ランスロットのせいで、モルガンの悪魔のような微笑みを思い出してしまった。

あれはいつだったか、そう確か……末の弟ジュリを神の子と取り替えた数日後の話だ。自分がまだ十二歳の子どもだった日のこと。

父であるネイマーが久しぶりに戻ってきて、マーリンやガルダと親子らしい時間を持った。ネイマーは数年に一度しか戻ってこない。モルガンに頼まれた重要な仕事があるとかで、いつもいないのだ。

マーリンは素知らぬふりをしていたが、モルガンとネイマーが何か奇妙な話をしているのは気づいていた。別の世界、とかあちらの世界、とか変な言葉を使うのだ。

ネイマーが戻ってきた日の翌日、マーリンはネイマーと共にわずかな時間を楽しんだ。湖に行き、親子らしい時間を持ったのだ。ネイマーはモルガンの夫だが、恐ろしくはない。寡黙《かもく》で理知的で、高圧的になることもなく、かといって父親面してあれこれ口を出すわけでもない。その日は珍しくネイマーはマーリンと手を繋ぎ、湖の近くを散歩した。モルガンもガルダもおらず、マーリンはふつうの子どもに戻ったようにネイマーとの散歩を楽しんだ。

「父上はいない間、何をなさっているのですか？　別の世界とは何ですか？」

マーリンは思い切って前からの疑問を口にした。ネイマーがどこで何をしているのか気になっていたのだ。

ネイマーは静かな微笑みを浮かべ、湖面に目を向けた。

「私はもう一人のモルガンを見守っているのだ。今は、もう一人の息子もね」

ネイマーの答えは意味がよく分からないもので、マーリンは首をかしげるしかなかった。

この時、どうしてかは分からないが、ネイマーが中腰になり、幼いマーリンと視線を合わせてきた。そして小さな声で、重大発言をしたのだ。

「モルガンは自分の魂を分けて、もう一人の自分を作った。そうするとあそこにいるモルガンを殺されても、死なずに生き返ることが可能なのだ。いわば魂のストック、魂分《たまわ》けという秘術だ。つまり二人のモルガンを殺さない限り、モルガンを倒すことはできないのだ」

マーリンは大きく身震いした。何故ネイマーがそんな重大な秘密をマーリンに教えたのかは分からない。ひょっとしてネイマーは、マーリンの中にモルガンに対する何かしらの反発心があるのに気づいていたのかもしれない。あるいは単なる気まぐれか——どちらにせよ、ネイマーはモルガンの秘密をマーリンに打ち明けた。

「私はもう一人のモルガンを守るために、あちらの世界に行っているのだ。先日生まれた子ども……あの子も魂分けをした。だから今、私は二人を見守っている。魂分けはこの世の理《ことわり》から外れた所業だ。何か悪いことが起こるのではないかと心配なんだよ」

ネイマーは立ち上がり、独白めいて呟いた。

神の子と取り換えたあの弟も、簡単には殺せないのか。マーリンは薄気味悪さに眉を寄せた。だがその一方で、モルガンでも死ぬのは恐ろしいのだと知り、ホッとしていた。すべてを超越した存在のモルガンにも人並みの恐怖や恐れがあるのだと分かったからだ。

ネイマーは再び歩きだすと何事もなかったように、湖面を浮かぶ鳥や水面に顔を出す生物について語り始めた。

——マーリンは幼い日の記憶を封印した。

廊下を歩くマーリンの背中に、ランスロットの視線が突き刺さる。

(樹里、ジュリを殺すにはお前の命も必要だと知った時、お前はどうするだろうな)

マーリンは中庭から聞こえる樹里の笑い声に、一瞬足を止めた。

(お前とジュリは魂分けをした、元は同じ存在。ジュリを仮死状態にしたら、今度こそお前の命を奪う。悪く思うな、仕方ないのだ。お前が死なないかぎり、ジュリは永遠に生き続けるのだから)

アーサー王子のためにも、樹里を葬《ほうむ》る——。

マーリンは樹里の笑い声から逃げるように、与えられた部屋にこもった。胸に固い決意を秘め、今だけでも偽りの仮面を被ろうと目を閉じた。

POSTSCRIPT

HANA YAKOU

こんにちは。夜光花です。

少年神シリーズも三冊目となりました。この本から手にとった方は、ぜひ「少年は神の花嫁になる」と「少年は神に嫉妬される」も読んで下さいね。

三冊目の今回は物語が大きく動いて、とうとう嘘がばれちゃいました。そして、なんといってもエクスカリバーですよ。アーサー王物語には欠かせない聖剣がやっと出てきました。

エクスカリバーに関してはいろいろな説があるようですが、馴染みある設定にしております。次巻でとりに行けるかどうかはまだ分かりませんが、ランスロットも妖精の剣を持っているし、アーサーにも特別な剣を持ってほしいですよねー。

そして今回、マーリンで始まりマーリンで

終わっていますす。次巻ではマーリンが活躍できるといいなと思っております。

今回も奈良千春先生の美しい絵が満載です。内容が追いついていない気もしますが、毎回表紙や挿絵に刺激されております。奈良先生の描く妖精王が見たかったので今回の挿絵は特に嬉しかったです。イラストレーターさんの描くキャラが見たいという気持ちは、新しいアイデアが湧いてくるので有り難いものなのですよね。

奈良先生、いつもありがとうございます。

担当さん、毎回ご指導ありがとうございます。

読んで下さる皆様、ありがとうございます。よかったら感想などお聞かせ下さい。お待ちしております。

夜光花　URL　http://homepage3.nifty.com/yakouka/
夜光花：夜光花公式サイト

ではではまた。
次の本で会えるのを願って。

夜光花

SHY NOVELS

少年は神の生贄になる

SHY NOVELS333

夜光花 著

HANA YAKOU

ファンレターの宛先

〒101-0065 東京都千代田区西神田3-3-9大洋ビル3F
(株)大洋図書 SHY NOVELS編集部
「夜光花先生」「奈良千春先生」係

皆様のお便りをお待ちしております。

初版第一刷2015年10月5日

発行者 山田章博
発行所 株式会社大洋図書
〒101-0065 東京都千代田区西神田3-3-9大洋ビル
電話 03-3263-2424(代表)
〒101-0065 東京都千代田区西神田3-3-9大洋ビル3F
電話 03-3556-1352(編集)
イラスト 奈良千春
デザイン Plumage Design Office
カラー印刷 大日本印刷株式会社
本文印刷 株式会社暁印刷
製本 株式会社暁印刷

ISBN978-4-8130-1301-3

SHY NOVELS
好評発売中

少年は神に嫉妬される

夜光花

画・奈良千春

俺はお前が好きだ。
だから俺はお前を束縛する！

俺以外、見る必要はない!!

樹里が神の子として キャメロット王国で過ごすようになって二カ月、神の子は王子と結ばれなければならないという言い伝えの下、第一王子のアーサーと第二王子のモルドレッドから熱烈な求愛を受けていた。王子と神の子が愛し合い、子どもをつくると国にかけられた呪いが解けるからだ。初めて会った日、誤解から無理矢理抱かれたせいで、樹里はアーサーが大嫌いだった。けれど、アーサーを知るにつれ惹かれ始める。自分の気持ちが理解できず、苛立つ日々を送っていたある日、樹里は騎士ランスロットと神殿の禁足地である湖へ行くことになり!?